Jornada com Rupert

Salim Miguel

Jornada com Rupert

EDITORA RECORD
RIO DE JANEIRO • SÃO PAULO
2008

CIP-Brasil. Catalogação-na-fonte
Sindicato Nacional dos Editores de Livros, RJ.

M577j Miguel, Salim, 1924-
   Jornada com Rupert / Salim Miguel. – Rio de Janeiro: Record, 2008.
   176p.:

   ISBN 978-85-01-08212-1

   1. Romance brasileiro. I. Título.

08-3654
                                CDD – 869.93
                                CDU – 821.134.3(81)-3

Copyright © Salim Miguel, 2008

Direitos exclusivos desta edição reservados pela
EDITORA RECORD LTDA.
Rua Argentina 171 – Rio de Janeiro, RJ – 20921-380 – Tel.: 2585-2000

Impresso no Brasil

ISBN 978-85-01-08212-1

PEDIDOS PELO REEMBOLSO POSTAL
Caixa Postal 23.052
Rio de Janeiro, RJ – 20922-970

Depois, o casarão antigo, diligentemente fechado, caiu na escuridão e no silêncio. Descansavam orgulho, esperança e preocupação, enquanto que, ali fora, nas ruas tranqüilas, tamborilava a chuva e assobiava o vento outonal em torno das esquinas e cumeeiras.

Os Buddenbrook — Thomas Mann
(trad. Herbert Caro)

Oh, the olden times! It is not easy to learn about them.

The valley of the latin bear — Alexander Lenard

Para Eglê,
que resgatou os perdidos originais e me fez mexer neles,
ajudando-me a revisá-los e nos trechos em alemão.

Sumário

1. Partida   11
2. Problemas   15
3. Casarão   17
4. Família   23
5. Família — dois   27
6. Bar   37
7. Matilde   43
8. Amanhecer   47
9. 1855   51
10. Amigo   55
11. Colonização   61
12. Irmãos   65
13. Jandira   69
14. Febre   75
15. Trabalho   79
16. Família — três   81
17. Delírio   85
18. Muttie   89
19. Fritz   99

20. Karla	103
21. Dupla	107
22. Ilze	113
23. Contraste	131
24. Hans	133
25. Tédio	141
26. Morte	143
27. Derrocada	149
28. Libertação	153
29. Passeio	159
30. O trem	165
Nota final	173

1

Partida

O trem corria; comendo dormentes e trilhos, em sua faina constante, porém infatigável, insaciável, num eterno mastigar. Ele olha a paisagem, tão sua conhecida, companheira de viagens infindáveis. Pequenas, porém infindáveis. Reconhece lugares, casas, até mesmo homens que passam e que quase vencem o andar lesmático do trem em certos pedaços; mira os campos com animais pastando, cachorros estirados às portas de velhos prédios. E tudo o comove. Outras vezes perde-se em divagações, deixa a mente correr adiante ou atrás do trem, ou então começa a fantasiar estranhos motivos, para que o tempo passe mais depressa. Imagina assim: "Daqui até aquela passagem perto da casa do 'seo' Manuel português, devem ser no máximo quinze minutos. Aí então até as bananas, mais dez." De repente, se cansa da brincadeira. Mira então as pessoas que viajam com ele, deixa que seus olhos pousem em tudo, vagarosa e displicentemente. Melancolia, aquela mesma impressão sutil que sente ao se afastar de casa, ainda que por pouco tempo. Desta vez, mais forte, mais consciente e clara. É que agora, para ele, espera, não haverá mais o "ainda que por pouco tempo". Por isso também, tudo lhe parece novo, estranho — e no entanto tão conhecido como sempre. É uma sensação nova, unida às antigas sensações.

Não pensa em nada claramente. As idéias vêm boiando, confusas, confusas. Deixa que assim seja. Enervantes em sua relação com fatos e sentimentos, recentes ou antigos. Olha-se. Desconhece o corpo, o gesto alado das mãos, o rosto embaciado que enxerga no verniz do banco da frente. Sente saudades, saudades prematuras do que fora e do que poderia vir a ser, saudades de tudo o que deixara... Ao mesmo tempo ódio de tudo e de todos, pelo que lhe fizeram; ódio de si mesmo, de sua covardia, de seu medo diante da vida, do receio infundado de enfrentar o mundo.

Agora: no trem.

Enquanto a locomotiva rola e resfolega, mandando ao ar sua mensagem de fumaça e faísca: risos, vozes altas, gargalhadas estertorantes se misturam ao barulho do trem, pessoas passam e repassam, sentam-se, levantam, fumam ou mastigam balas, trocam idéias, olham a paisagem deslizante, olham uns aos outros, surpresos, alegres ou tristes, conforme o motivo que os induz à viagem... Enquanto isso, o trem imerso na paisagem, a vai devorando maciamente.

Olha os blocos de casas, logo alguma pequena povoação, de novo a mata cresce, expulsa as casas, readquire seu domínio sobre o que o homem lhe havia tomado; raras casas distantes umas das outras, quase sempre pobres, pequenas, onde pessoas e animais domésticos dormitavam, nas soleiras ou à sombra de alguma árvore copada. Indiferentes à vida que passa... "Tudo novo, tudo novo", volta a murmurar ainda, agora de modo a que os vizinhos não escutem, procurando descobrir o segredo, o porquê daquela impressão inédita em locais tão conhecidos, por onde já tantas vezes passara, até mesmo a pé. "Tudo novo, tudo novo..." E o ruído do trem ajuda-o, repete com ele... É uma salmodia lenta, enervante, sempre as mesmas palavras: "Tudo novo..."

Ele tem a mesma vaga impressão de sempre: não é o trem que passa — são as casas, as paisagens, os animais, os vultos humanos que retrocedem. O trem é um ser estático, fantástico e inverossímil, eternamente imóvel.

"Se pudesse..." Não completa o pensamento. Tem medo. Ergue-se, vai espairecer, olhar a mole humana que se comprime no pequeno trem. Cruza de um lado para outro, esbarra em pessoas, indiferente, perdido em elucubrações. Volta, senta-se, debruça-se à pequena janela, fica olhando, olhando sem ver. No céu algumas aves revoluteiam, tentando alcançar as nuvens que pairam muito além. Fagulhas do trem descem, pousam nas pessoas. Casas e paisagens continuam desfilando, como numa parada. Qual vencerá? Ele nada vê. Engolfado em seus problemas. A mente parou, em umas poucas idéias, no eterno debate, presa às mesmas coisas que há muito tempo o vêm torturando. Talvez desde sempre, desde que se conhece por gente.

Passa o rapaz que vende frutas, jornais, revistas. É pequeno, baixo, corcunda. Vem sorrindo, a cambalear, arcado ao peso do tamborete, numa total despreocupação de alma. Oferece sua mercadoria a um e outro, diz aqui uma piada, vende ali uma pêra, acolá uma revista ou jornal, ri e fala com todos; pára agora à sua frente, oferece-lhe um jornal, naquela voz bizarra dos vendedores. Ele nem vê, não diz nada, mas o rapaz insiste.

O rapaz volta a insistir, toma um tom mais íntimo, de pessoa conhecida, pois sabe que o jovem é um bom freguês, só um tanto fora dos eixos, mas isso não importa, cada qual cuide da sua vida, o certo é que ele paga bem, não reclama nem faz pechincha, compra os jornais, lê e os devolve.

Ele não vê o guri, envolvido como está em seus problemas. Empurrou o rapaz sem sentir. E agora, mentalmente, recrimina o bruto que fez aquilo com o aleijado. Sente vontade de chamar o garoto e lhe comprar todos os jornais e frutas e bolos e depois lhe devolver tudo para que possa vender de novo. Daria uma lição em quem o empurrou.

Ah, se pudesse dormir ao balanço do trem, dormir e acordar outro; mas um outro que não deixasse de ser ele.

2

Problemas

Seu caso seria único? Em certas ocasiões lhe parecia que sim. Quem sabe? Absurdo! O ontem lhe surge em turbilhão, dominador, avassalador. E, por mais que uma pessoa lute, há momentos nos quais não é senhora de seus atos, deixa-se levar, empurrada, jogada. Meneia a cabeça, como que para expulsar seus problemas.

Chama o guri corcunda, compra dois jornais de Florianópolis, *O Estado* e o *Diário da Tarde*. No primeiro, a manchete: "Getúlio ganha mais aliados na sua campanha presidencial"; e logo abaixo: "Hoje outra empolgante partida entre Avaí e Figueirense." No outro, a chamada para a campanha de Irineu Bornhausen ao governo do estado e o avanço do brigadeiro Eduardo Gomes, concorrendo pela segunda vez à presidência da República. Como sempre fazia, devolve ao guri os jornais.

Acompanhando o ritmo do trem, intercala os próprios pensamentos com trechos de leituras e discussões com amigos. Está procurando se convencer, fazer com que o outro "eu", ali presente a zombar dele, compreenda. Volta a monologar enquanto o trem rola. As palavras, em sua mente, seguem o movimento do trem: "Ah... A vida... Estranha contradição... Sucessão de fatos... Bons ou maus, maus e bons... Alegres ou tristes... Tristes... Por quê? Sim, por que tais coisas me acontecem? Serei um predestinado?"

Ele se recosta à cadeira, relaxa o corpo e a mente, não sente o incômodo de viajar no trem, não sente a paisagem que passa, nem tampouco sente os olhos da morena lá no canto, pupilas brilhantes fixas nele.

A morena ali sentada, no banco da frente, de pernas cruzadas, brincando com as mãos, entrelaçando-as, deixando que pousem agora no colo, outra vez brincando com uma pequena pulseira, mas tudo isso sem despregar os olhos do jovem, querendo atrair os dele.

"Parece que ainda nem me viu, e no entanto seus olhos estão cravados em mim, me sorriem às vezes, em outras me fitam enraivecidos. Por quê? Será que se lembra de nosso breve encontro em Blumenau? Estará mesmo me vendo, apesar de me olhar?"

Deixa-se ficar ali, atenta ao menor gesto do jovem. Nada. Fingindo indiferença, percorre com o olhar todo o vagão pequeno e velho, sem atrativo algum, apenas mulheres gastas e homens de negócios, reclamando da lerdeza do trem.

Ela boceja. Também nada vê na paisagem, triste e abandonada; nem nas raras casas. Mal nota que a paisagem mudou e atravessam uma vilazinha e a seguir um trecho de floresta intocada.

Sem se dar conta dos pensamentos que provoca na morena, Rupert continua ensimesmado, buscando se desembaraçar do passado que não quer desprender-se dele. Deixemo-lo no trem que corre, rumo a um incerto futuro.

3

Casarão

No precário casebre, erguido às pressas em uma clareira às margens do rio, abrigavam-se duas famílias, os avós e tios-avós de Rupert. Viviam da caça e da pesca, de frutos silvestres, de pequena plantação de legumes e verduras, enquanto derrubavam árvores no centro do terreno, preparando-o para receber o casarão de pedra e tijolos à vista. A construção ia lenta, cortavam as pedras e num pequeno forno de barro coziam os tijolos e telhas, tudo com a colaboração de outros colonos. Ao mesmo tempo precisavam estar atentos aos ataques dos índios, inconformados com a invasão das terras que havia séculos lhes pertenciam. As escaramuças eram constantes, os índios apavorados com o estrondear dos tiros. Foi em um certo amanhecer, o casarão só dependendo de arremates, tomavam café à sombra da jabuticabeira, sem se dar conta foram cercados por meia centena de índios; a luta foi sangrenta, com a morte de meia dezena de bugres e de dois colonos, o tio-avô e o irmão de Hans. Os alemães foram enterrados na clareira perto do casebre. A mulher do tio-avô, que emigrara contra a vontade, depois da morte do marido definhava deixando-se morrer, vagando pela nova casa tal uma sombra. Jamais refeito da perda, o pequeno Hans perambulava pelo terreno, na esperança de encontrar o irmão. Contudo a vida sempre se impõe, e lenta e determinadamente a família foi se adaptando à nova terra.

O casarão resistia às margens do Itajaí-Açu, num bairro afastado do centro, que guardava um pouco do clima da antiga colônia. Era uma edificação ampla, quartos e salas enormes, cozinha imensa, dando contudo a impressão de inacabada; de construção sólida, tinha grandes portas e janelas. Extenso jardim cercava-a por inteiro, agora com um apêndice num canto, a garagem. Nos fundos, um pomar com árvores frutíferas as mais diversas.

A casa era de cor pardacenta, firme nos seus alicerces de pedra. Abrigara desde o início a família. Ali viviam, cresciam e morriam os Von Hartroieg. Tinham chegado nos anos 1870, motivados pelas cartas do Dr. Blumenau e pelas notícias, que então passaram a circular na Alemanha, falando o quanto era promissora a nova terra. O regresso definitivo do fundador à Alemanha, em 1884, quando a colônia já contava com mais de 15.000 habitantes, causou-lhes profunda tristeza.

Rupert, nascido em 1918, não conheceu os avós, muito embora, de tanto ouvir seu pai *Herr* Hans e também sua mãe *Frau* Ana falar deles, era como se os tivesse conhecido. Apenas Fritz, nascido em 1910, tinha uma vaga lembrança daquele casal de quase setenta anos, aparentemente rijo, que falecera em fins de 1914, vencido pela malária resistente às doses de quinino, pouco antes do nascimento de Karla. O casarão fazia parte do viver de todos, impregnando-os, pois que os ambientes em que vivemos, como as pessoas, também possuem afetos, simpatias e antipatias, sentem e sofrem, criam amor e ódio aos seus moradores. Atraem e prendem ou recusam e expulsam os indivíduos que os querem habitar, como se possuíssem desejos e vontades para sentir e julgar.

A cidade crescia e era preciso acompanhá-la. Tudo ia lentamente se modificando, o modo de vida patriarcal, a submissão a um chefe, o meio agrícola se transmutando em industrial. A terra era boa e generosa, à espera de quem a soubesse amanhar. Eles, trabalhadores e persistentes, acompanharam a campanha abolicionista, viram findar o Império, souberam da proclamação da República, mal e mal participaram dos embates políticos. Nada os abalava, nem ao casarão que os protegia.

Nas longas noites de inverno, ao som da velha vitrola que levava ao ar baladas alemãs, *Lieder* sentimentais, enquanto ao pé do fogo a família ouvia os velhos contar para os mais moços histórias de feitos gloriosos, que por sua vez já haviam escutado de seus pais. Falavam da distante Alemanha, com entusiasmo incontido, as vozes se cruzando numa algazarra geral, ninguém já agora se entendendo, pois todos gritavam ao mesmo tempo, tocados pela bebida e mais o som rouco da vitrola, formando um conjunto estranho. De repente, todos se calavam, como a um pedido invisível, muito concentrados, sem ao menos querer respirar, presos em si mesmos, emocionados, tentando ouvir não sabiam que sons e vozes, chegando e recuando, baixavam o som da vitrola, presos ao passado que surgia dominando tudo, o disco fazendo o fundo, outra vez a música da vitrola subia. Todos se achegavam, para escutar melhor. Porém a música parava. E tudo se desfazia. Punham-se a falar a um só tempo, muito depressa, para esconder a emoção, ou mesmo as lágrimas.

As crianças, em geral, voltavam da emoção bem ligeiro, logo se refaziam. Os velhos se perdiam em antigas reminiscências. Os novos tentavam acompanhar a enxurrada de palavras, faziam perguntas, queriam saber; contudo em muitas ocasiões, por mais esforços que fizessem, não conseguiam acompanhar a torrente de recordações, que jorrava veloz e entrecortada, sem ordem lógica, só obedecendo a fragmentos da memória.

Corria bebida quente, variados bolos feitos em casa, *schimiere*. Cantavam tradicionais canções cujas origens se perdiam no tempo, evocando a velha Alemanha das lendas, das Walkírias, dos Niebelungen, da Lorelei. As vozes, esganiçadas e gastas dos velhos, roucas vozes, se uniam às vozes inseguras das crianças e às moduladas dos jovens, formando um conjunto estranho, porém melodioso. Ocasiões havia em que não se acertavam, um avançava, outro recuava, acabavam rindo ou zangados, conforme o humor dominante.

Kommt ein Vogel geflogen
setzt sich nieder auf mein'n Fuss
hat ein Zettel im Schnabel
von der Mutter einen Gruss...

O fogo ia se extinguindo aos poucos, o frio aumentava; então todos se erguiam, cansados, de um cansaço inexplicável, saudosos muitos deles do que não conheciam nem nunca tinham visto. Uma vontade de viver o passado, uma vontade que não se confessavam mutuamente. Ainda por algum tempo, já em seus quartos, os mais velhos falavam, como se houvessem participado de antigos fatos, como a unificação da Alemanha, Bismarck, de quem se dizia que um dos parentes do ramo materno, os Müller, fora amigo. E isso dava uma certa importância à família. Tal parente se transformara em general, dele se contavam casos e feitos...

Mas a verdade é que a unificação já os encontrara aqui no Brasil. Haviam saído da Alemanha às vésperas dos acontecimentos.

A família Philipp von Hartroieg era de certa importância num daqueles condados autônomos, existentes na Alemanha ainda em meados do século XIX. Descontentes com os rumos da unificação, sob a hegemonia da Prússia, retiraram-se, praticamente arruinados, e aproveitaram a vinda para o Brasil de mais uma leva de colonizadores. As revoluções da década de 1840 os haviam deixado em situação não muito boa. Tiveram que recomeçar a vida na nova terra, trabalhar, lutar, enfrentar os índios sem se perguntar quem era o invasor. Amparados pela fé luterana, que a leitura diária da Bíblia revigorava, passaram os mesmos trabalhos e lutas dos demais ali no casarão que a tudo assistia.

Agora, transcorridos tantos anos, ei-los que confundem as datas e os fatos, seja por verdadeiro esquecimento, seja para se tornarem mais importantes. Diziam que os avós deles haviam apoiado Bismarck na luta pela unificação da Alemanha, chegavam a contar que em certa ocasião um primo deles salvara a vida do Chanceler de Ferro, atirando-o ao chão no justo momento em que uma bala das hostes inimigas zunia por ali. Por tal motivo fora condecorado, e a maior mágoa era a perda desta medalha na enchente de setembro de 1880, que tanto prejuízo causou ao nascente burgo. Assim embalados viviam. Falavam da vinda para ajudar a construir uma nova pátria num mundo novo. E o haviam feito tirando um mundo do nada, de florestas quase impenetráveis e dominadas por animais selvagens e índios.

4

Família

Sim, havia sido uma força. Marés adversas a fizeram emigrar da Alemanha, mas lutaram para se manter os mesmos senhores. Procuraram o Brasil, Santa Catarina, aqui se localizando no vale do Itajaí. Desde logo os avós e os tios-avós de Rupert tiveram uma efetiva participação na vida da comunidade. Eram ouvidos com atenção, seus conselhos discutidos e acatados. A família cresceu com a cidade. Viveu a vida da cidade. Ainda agora, já desaparecidos aqueles vultos, que são história, sombra, esbatidos pela distância, vivem na memória de todos, nas lendas que correm, nos feitos reais. Muita coisa se perdeu, quem se lembra acaso de que a intenção do Dr. Blumenau não era construir uma cidade industrial, pois que para isto o local não se prestava. Aqui está ela, localizada entre montanhas, perdida numa baixada, tal uma criança nos braços de um gigante, querendo se livrar, se desprender. Inútil porém todo o esforço. O abraço é fatal e eterno. Os primeiros colonizadores pretendiam fazer uma colônia agrícola, uma comunidade de trabalho no campo, plantio da terra, criação do gado, a lavoura, a vida pastoril. Chegam hoje a esquecer que o Dr. Fritz Müller ia mais além. Queria uma vila comunal, os homens sendo como irmãos, se repartindo os haveres e as necessidades. Das primeiras tentativas de uma colônia socialista. Uma família, uma só grande família; viveriam ali felizes e satisfeitos do que a terra lhes oferecesse, sem maiores ambições.

Aos poucos, o sonho de Fritz Müller foi sendo corroído. Cada um tratou de cuidar de si, de viver para os seus, de amealhar o que pudesse, mantendo com os demais uma cordialidade de vizinho e patrício, tão somente. Com o passar dos anos, a colônia agrícola sonhada foi se dissolvendo na cidade industrial que surgia.

A história da família de *Herr* Hans, de Johannes Friedrich Philipp von Hartroieg, pai de Rupert, era em miniatura um resumo do que ocorria com a colônia. Também haviam começado simplesmente como agricultores, tratando a terra, cuidando-a, "vivendo do suor do próprio rosto". Depois alguns animais domésticos foram adquiridos. Por fim, foram abandonando a terra e seu cultivo, para desenvolver uma grande fábrica de tecidos, que se estendia por várias quadras e empregava centenas de operários. Do antigo modo de vida pouco ou nada sobrara. Vestígios somente, reminiscências no apego ao casarão, à horta onde se cultivavam verduras, ao pomar com suas árvores frutíferas, à jabuticabeira e ao jasmineiro. Agora no lugar da charrete de passeio, no jardim ao lado da casa, enfeando-a, uma garagem, donde pela manhã partia a longa limusine, levando cada qual para seu canto, dispersando-os pela cidade.

As pessoas da casa pouco se viam, cada qual para seu lado. Um ar pesado, dormente, pairava em tudo, prenunciando decadência. Não conseguiam mais se entender, quase se evitavam. Os mais velhos por qualquer motivo faziam longas preleções, reclamavam dos mais moços.

Herr Hans, pai de Rupert, não constituía exceção. Achava que a geração de agora, a nova, com suas novas idéias, estava deturpando as sagradas tradições. Mas o que nem *Herr* Hans nem os outros queriam compreender é que, embora de maneira imperceptível, a geração dele, talvez mais do que a presente, havia abandonado o legado de seus maiores.

Com um cachimbo no canto da boca, os longos bigodes retorcidos, seu rosto grande vincado de rugas, fagulhando sempre no cachimbo com um palito de fósforo, coroado por rolos de fumaça que mais semelhavam uma chaminé de fábrica, o pai de Rupert falava, falava e falava...

5

Família – dois

— Mas pai...

— Rupert, já lhe disse...

A família reunida em torno da velha mesa; a sopa fumegante; todos ali, em expectativa, mais uma discussão.

— Pai...

Silêncio. Um silêncio que pesa sobre tudo e todos, que os sufoca. Tentam aclarar o ambiente, rir, respirar com mais liberdade. Tentam falar. Porém não se ajudam, não querem ou não podem.

— Rupert...

É só. Também não é preciso dizer mais nada. Este nome já deixa a família em pânico. Daí não poderá sair coisa boa. "Mais uma", é o que todos pensam, "mais uma de Rupert. O que será desta vez?" Ninguém consegue imaginar o que poderá ter feito Rupert. É sempre tão estonteante e contraditório, tão diferente do resto! Os olhos de toda a mesa se dirigem para ele, com um olhar que as pessoas temem tornar insistente, mas que é indagador.

Rupert não liga, finge nem ver. Ali está ele posto em sua cadeira, calmo. E passa, com um olhar muito inocente e safado, a mirar os outros...

A mãe, *Frau* Ana, encolhida, dominada pelo pai, principalmente depois da morte do Caçula, cujo corpo, levado pelas águas do rio, jamais foi encontrado; ei-la apagada, submissa ao extremo, sem uma reclamação, qualquer gesto do marido sendo lei, ordem emanada de um ser superior. O marido lhe era tudo, o amparo, a fé, sem ele agora não saberia o que fazer, se perderia. Miudinha, parecia nessas horas se encolher mais ainda, sentada lá no seu canto, sofrendo, sofrendo pelos dois, temendo pelo marido e pelo filho, prestes a cair no pranto, não prevendo nada bom para o futuro, caso persistissem as discussões entre eles. Quase nunca se metia; atrapalhava mais, no seu desejo de auxiliar.

De um lado da mesa, a irmã, a revoltada Karla, tratando de esconder o riso que tais discussões continuadas sem nada resolver lhe provocam, estranha figura com seus rompantes de liberdade e submissão. Karla agora sorri, mas repentinamente poderá se pôr a falar, defendendo o pai ou o irmão, com a mesma naturalidade e inconseqüência, sem que ninguém espere ou saiba por quê. Logo, com a mesma imprevista rapidez com que se põe a falar e defender um ou outro, também se cala, se alheia a tudo, se perde em não se sabe quais idéias, longe dali, a ponto de nem escutar ou responder ao que lhe perguntam. Ali está ela, os longos cabelos loiros, o decote entremostrando os seios, desafiadora, com um meio sorriso zombeteiro nos lábios muito vermelhos, meio sorriso enigmático, enquanto as mãos estão largadas sobre a mesa, brincando ora com a ponta da toalha ora com os talheres, sem tocar na comida.

Ao lado dela, tremendo, temeroso como sempre, causando piedade, Fritz, o irmão mais velho, que, tal a mãe, é por inteiro dominado pelo pai, sem o menor resquício de personalidade. Fritz enerva pela sua falta de dignidade, dignidade já não para com os outros, mas para consigo mesmo. Só em olhá-lo, Rupert sente náuseas. Nunca se deu bem com o irmão. Nem quando eram pequenos. Sempre o excluía de seus brinquedos com os demais meninos. Rupert brincava com a turma, Hermann, Paul, Luca, mas sempre fazendo questão de deixar de fora o irmão mais velho e zombar dele. Fritz não reagia, tímido, medroso, ia fazer queixa ao pai que surrava Rupert, ou corria a abrigar-se no colo materno. A mãe o acolhia e mimava, seres iguais que eram. Fritz sempre se imaginara lavrando a terra, mas fora obrigado a gerenciar a fábrica de tecidos do pai, onde nunca se sentira à vontade, não tinha coragem de recriminar Rupert. Este não perdia ocasião de zombar de Fritz. Era um desejo mórbido e inexplicável de ver o irmão sofrer; talvez no íntimo uma vontade de que o outro reagisse. Seus raros ataques de raiva acabavam em grossas lágrimas que lhe escorriam pelo rosto enorme. Fritz ainda agora, um homenzarrão, quando contrariado, vendo-se impotente, sem poder se vingar, alivia-se chorando. Escondia-se, envergonhado, sem poder explicar essas lágrimas tão fáceis. Nas discussões de Fritz com o pai, que eram esporádicas, raras, Rupert tomava a defesa do irmão, intervinha. Era a única ocasião em que o primogênito o tinha a seu favor. Mas qual a razão? Pois isso só agravava a situação de Fritz: o pai, muitas vezes já a ponto de encerrar a questão, castigava-o somente pelo auxílio que Rupert lhe prestara. Nas discussões com Rupert, ao contrário, Fritz nunca se metia, encolhia-se mais, tentando esconder seu corpanzil, sumir-se. O pai sempre o tomava como exemplo para Rupert. "Por que você não faz como seu irmão, que é um homem decente e útil?" Virava-se para Fritz: "E aí, Fritz, que vamos fazer com esse seu irmão?"

Estavam à mesa. O pai numa cabeceira, a mãe na outra. Fritz e Karla de um lado, Rupert e uma cadeira vazia do outro, sobre a mesa sempre um prato e talheres, como se estivessem esperando a chegada do Caçula. Silêncio de expectativa. Só se ouve o bater da colher no prato da sopa. A mãe não come. Karla vai começar. Fritz está acabando seu prato. Cada qual de seu lado presta atenção. Olham-se de soslaio. O pai sorve em goles rápidos colheradas de sopa quente. De vez em quando o caldo lhe escorre pelos cantos da boca e ele então a seca com um grande guardanapo listado. A fumaça evola-se dos pratos e da sopeira, paira no ar. Um cheiro acre de verduras.

Todos aguardam. Tentativas de conversa não surtem efeito. As palavras pendem inúteis e depois se perdem em meio à fumaça. Este silêncio pesado, eles já o sabem, é prenúncio de tempestade, que todos procuram inutilmente debelar. O único indiferente é Rupert.

— Rupert!!...

Um só grito. O soco na mesa. Tremer de talheres. A sopeira quase entorna. Os olhos se fixam no velho *Herr* Hans. A sopa lhe escorre da boca. Agora todos estão presos aos pingos de sopa que pendem. Menos Rupert, que nem se preocupa.

— Rupert!...

Nenhuma resposta.

— Rupert. Eu...

Grito maior. A voz alterada, as feições descompostas, lábios contraídos, rosto sanguíneo, veias do pescoço salientando-se, bagas de suor que pendem quais equilibristas pelo rosto, cabelo ralo e encanecido, vinco na testa, narinas ofegantes, boca entreaberta agora, buscando em vão palavras mais fortes na língua de seus pais, catando-as uma a uma dentro do cérebro, mãos espalmadas na mesa, atitude estática. De prontidão, agora. Parecendo a ponto de saltar.

A fumaça da sopa sobe, forma um halo em torno da cabeça do velho pai. A figura impressiona: a estatura, a atitude do corpo, o rosto ora pétreo ora exaltado, nervoso mas querendo esconder o nervosismo... A fumaça cobre-o, faz com que pareça um ser de ficção, uma das grandes figuras de lenda que os filhos ouviam extasiados quando eram pequenos. Sem querer, Rupert estava se deixando impressionar. Resiste.

— Eu já não lhe disse...

A voz do pai vem libertá-lo. Mais um pouco de silêncio e se deixaria dominar. Respira, aliviado. O pai deixara as palavras caírem uma a uma, pausada, monotonamente, com uma calma e lentidão mais perigosa do que os gritos. Persuasivo. Agora buscando os vocábulos em seu curto vocabulário de português, não querendo empregar o dialeto, pois assim lhe parece que se tornará menos íntimo, mais solene.

— Será que você não compreende, não procura compreender? Então me diga o que quer, o que manda, o que ordena. Nós estamos aqui para obedecer. Fale, não seja covarde. Que pensa fazer de sua vida? Não fique aí calado. Que quer? Pode-se saber? Até quando permaneceremos assim? Você não acha que tudo tem um limite? Ou pensa que eu sou seu escravo, estou aqui com seu irmão para trabalhar para você, enquanto você vagabundeia com seus amigos? Já lhe disse, se julga que minha casa, a casa de seus antepassados, não é bastante boa para você, saia. A porta da rua está aberta. Saia. Eu...

Rupert não quer mais escutar, se ergue, dirige-se a seu quarto. Sem olhar, lutando para ficar calado.

— Rupert, volte, estou lhe dizendo, volte, Rupert, volte!

— Não, já estou cansado deste disco, desta chapa, enquanto não arranjar outro, não mudar, não volto. Estou cheio...

— Rupert, volte, ou se vá de uma vez. Volte...

— Não volto. E acho mesmo que irei de vez. Estou cheio.

Rosto congestionado do pai. Apoplético. Face suplicante da mãe. Na espera, os irmãos. Rupert nem se vira. Rumo ao quarto, enquanto as palavras do pai vão seguindo-o, decrescendo à medida que ele se afasta. Tranca a porta. Estira-se na cama. Esforça-se por pensar em outra coisa, não ouvir. Mas ainda assim um murmúrio de tudo lhe chega, algumas palavras indistintas, a voz do pai se destacando...

Mal-estar geral na mesa. Ninguém mais sente fome. Ultimamente estas cenas vêm se repetindo com maior freqüência..

Rupert não compreende por que ainda não foi embora. O que o faz ficar ali? Não sabe o que lhe tolhe os passos e se odeia por isso. No fundo é igual aos irmãos. Talvez por isso desde pequeno sinta tanta raiva de Fritz. É que se vê reproduzido no outro. Ele é um Fritz que tenta resistir. Eis a única diferença. No mais são irmãos e iguais, da mesma massa. Fritz se entrega. Ele resiste, tenta se modificar, ser outro, mais forte, sem esse todo pusilânime, que não sabe resistir a uma personalidade mais bem estruturada — no caso, a do pai. Sente inveja, temor e ao mesmo tempo respeito pela figura do velho pai, um homem, um homem em toda a verdadeira acepção da palavra, um homem como ele certamente gostaria de ser.

Karla tenta rir, falar, contar à mãe do passeio que deu e dos incidentes à beira do rio, onde uma amiga ia se afogando, das risadas e do susto, do ar fresco que soprava e das brincadeiras... Mas tudo se perde, a mãe não responde, o pai a olha zangado, o irmão a ignora, ela então se encolhe e cala.

No quarto, Rupert sente crescer-lhe o ódio a tudo. Estira-se na cama, bem ao comprido, deixa-se ficar ali, a olhar em redor, sem saber o que o prende a tão pequenas e insignificantes banalidades, sente repulsa de si mesmo por não ousar a fuga, essa fuga que o libertará, que lhe trará a vida livre que sonha possuir.

Karla tenta de novo ligar-se à mãe que tanto sofre. Mas esta traz os ouvidos presos ao quarto do filho, ao menor rumor e os olhos fitos no marido, à espera... A irmã vira-se então para Fritz, mas este ouve o pai, nem se digna lhe dirigir um olhar, enquanto vai assentindo a tudo que o velho diz. A pergunta vem brusca: "E tua mulher? Desta vez se foi para onde? Será que não faz mais parte da casa?" Fritz pensa, mas não ousa responder: "Que minha mulher? Vocês a importaram da Alemanha para mim. A mulher que eu queria minha era a namorada dos tempos de escola."

Rupert tenta imaginar o que pode haver de comum entre ele e o resto da família. Mas afinal tem que confessar que, apesar de tudo, são frutos da mesma árvore. Só em aparência são diferentes, uns como os outros presos à família, à tradição, aos costumes.

O pai olha carrancudo, Karla se cala. A mãe não se move, se pudesse nem respiraria, pois assim seria ainda menos notada. Ah, se *Herr* Hans desviasse o pensamento, descarregasse a ira em outra coisa qualquer. Enquanto isto não se der, ele continuará intratável. Fritz, perdido em conjecturas, se encolhe acovardado com as miradas que o pai lhe lança, admirando e renegando o irmão mais moço. Inveja aquele seu desejo perene de liberdade, ainda que irrealizado, reprovando-o ao mesmo tempo por se opor ao pai.

— *Mein Gott!* Que estão esperando, que fazem aí parados, assim sentados, calados? Emudeceram? Nesta casa ao menos se come? A gente tem que trabalhar como escravo pra sustentar malandros. Ou só teremos hoje a sopa? Um homem trabalha o dia todo, chega em casa procurando conforto e calma, um pouco de descanso, mas encontra um inferno, os filhos desobedecendo e nem o que comer... Vamos, vamos.

Afobação, vozes, corre-corre, passadas lépidas, parece que tudo vai melhorar, um quase alívio geral.

— Maria, Maria, o assado, depressa, *Herr* Hans está pedindo, ande, mulher de Deus, não ouviu?

A voz de *Frau* Ana sai rápida.

Entra a empregada com a travessa. É uma morena robusta, de meia-idade, filha de índios, mangas arregaçadas, suor escorrendo por todo o seu corpo. Vem apressada, é cria da casa, ali desde pequena, quando seus pais tiveram que fugir para o que restava da floresta intocada. Sabe que daquele assado depende todo o restinho do dia, vem confiante, conhece de sobejo *Herr* Hans e o quanto o homem se esquece de tudo diante de um bom prato. Os passos da empregada reboam no assoalho, ei-la que deposita na mesa a sua obra, mira-a com orgulho, porque ali ela enxerga a paz, o sossego.

O assado cheira bem, rodeado de *Kartoffeln*, tem uma bela cor avermelhada, é de deixar água na boca. *Herr* Hans corta um enorme pedaço que fica pendendo entre os dois pratos, como num trapézio. Mas logo tomba no prato em frente ao dono, submisso e entregue. *Herr* Hans corta agora grandes bocados que vai levando à boca, deliciado. Só ele come. Os outros miram, felizes e satisfeitos por ver que tudo acabou. A fome neles evaporou-se, eles se sentem ainda um pouco constrangidos, e com um único desejo: sair da mesa antes que algo mais aconteça, mas só poderão fazê-lo após *Herr* Hans se levantar.

O pai, de boca cheia, reclama:

— Como é, não comem? Está bom, muito bom...

Por fim a família se dispersa. *Herr* Hans vai tomar um chope, conversar com os amigos, discutir política, lamentando a derrota do Brigadeiro, depois jogar bocha e continuar tomando chope. Lá vai ele, com seu passo tardo, arrastado... Os dois irmãos ficam a observá-lo.

Logo se refugiam nos quartos, sós, como se estivessem afastados do mundo, metidos na selva, perdidos, longe da civilização. Depois começarão a se espreitar, cada um à espera de que o outro saia para, também, ir espairecer. *Frau* Ana fica em casa, num desalento total, percorrendo os quartos, as salas, se recordando da vida antiga e esperando que um dia qualquer o Caçula reapareça; vivia feliz, quando os filhos eram todos pequenos e a família passava os serões reunida, o marido a lhes contar histórias de sua Alemanha, pois embora nascido no Brasil, se considerava alemão. Bons tempos que não voltam mais! Agora ela é uma sombra abandonada; pára diante dos retratos, se põe a contemplá-los, os fundos olhos doridos onde as lágrimas já começam a brotar. Vai à cozinha conversar com Maria. Depois, de uma janela de seu quarto, fica olhando a chácara que se perde de vista na noite. Tenta divisar a jabuticabeira e o jasmineiro. Abandono. Desolação.

Frau Ana enxuga os olhos no avental e vai ao quarto de Rupert, sem pensar, instintivamente. De repente lhe deu vontade de vê-lo, conversar com ele. Não mais o encontra. A quem terá puxado este menino? Indaga-se, olhando a fotografia do filho. E fica à espera de uma resposta que não virá. Exausta, ali mesmo adormece. No sono, não é mais a mulher vencida, mas a meninota de família remediada de São Pedro de Alcântara, que sonhava ser pianista e nem imaginava se casar numa família da nobreza alemã.

6

Bar

Rupert caminha. Saiu há pouco de casa. Ainda nervoso, exaltado: resultado da briga com o pai. Não há meios de se entenderem. Tudo inútil. A casa, iluminada, ficou para trás. Precisa deixar dentro dela suas preocupações. Já anoiteceu e só agora ele se dá conta. Põe-se a reparar em tudo, nos raros vultos que passam, na noite que caiu mansamente, nas luzes que brilham.

O bar o espera. Sabe, contudo, que nem lá dentro irá encontrar a paz que busca. Sempre debates, por mais que ele os evite, ei-los que surgem, como se vivessem a persegui-lo. Desde pequeno foi assim. Por isso, a fama que possui de ríspido, brigão. Voltava para casa sujo, roupa estraçalhada, sangue no rosto. Chorando de impotência e raiva, não tanto pela briga em si, porém por ter escutado a zombaria dos outros e saber que em casa o pai iria surrá-lo mais, enquanto Fritz trataria de se encolher e Karla se poria a rir.

Como não brigar? Era de sangue quente, nervos à flor da pele, e os outros vinham provocá-lo. Também por que o tratavam de "galego"? Por que galego? Se tudo fazia para ser tão brasileiro ou mais que os outros, pois contrariando o pai, havia ingressado, quase às escondidas, numa escola que ensinava português, enquanto os irmãos freqüentavam a alemã.

Nesta noite, enquanto se aproxima do bar, vai pensando confusamente em tudo isso. Na vida que levara até hoje. Fez amigos, é verdade. Mas raros, e que logo se iam, estudar fora ou trabalhar. Recebia cartas, que falavam de outros lugares, curiosos ou pitorescos, da vida nas grandes cidades que ele só conhecia através do cinema e dos livros, contavam de lutas e vitórias e derrotas também. Talvez um dia vários dos que haviam partido voltassem. Vencedores, louvados pela cidade, admirados. Ou então cabisbaixos, amargurados, vencidos pelo fracasso.

Está na porta do bar, pequeno e iluminado, regurgitante de risos, de vozes. Isto sim é uma "realidade", medita. Entremos. Lá atrás do balcão, o gerente, garçons circulam por entre as mesas, equilibrando bandejas nas mãos, enquanto seguram a toalha sebenta e, com o pé, arrastam cadeiras até o freguês. O suor iguala garçons e fregueses. A varanda dá para o rio, no verão sopra um vento bom, fica ali a mesa reservada para a turma de Rupert. O vento luta com o calor sem conseguir escorraçá-lo.

Rupert encaminha-se para a mesa. Felizmente não encontra a cunhada, nem aquele turco enxerido. Por enquanto estão só dois de seus companheiros, conversando, muito íntimos. Daqui a pouco a mesa poderá estar cheia. Ele sente pejo de interromper o colóquio. No fundo sempre foi um tímido, seus rompantes de audácia não passando de mera couraça. Podem estar falando dele. Ainda não o viram. Puxa uma cadeira, senta-se. Não fala, não cumprimenta. Só olha.

Os dois fazem um leve meneio com a cabeça, como se respondendo ao inexistente cumprimento dele, logo interrompem a conversa com um:

— Olá, Rupert, como vai?

— Como vai essa força, Rupert?

É a mesma frase vinda de ambos. Resmunga a resposta:

— Tudo bem. E com vocês?

— Que desejas?

— Bebíamos Fernet, mas agora vou querer chope.

— Um vermute com gim...

— Garçom, um vermute com gim. E tu Paul, vamos sempre pro chope?

— Não, Luca, desisto, acho que não vou querer mais nada, estou um tanto indisposto.

— Não senhor, se ainda nem começamos! Não senhor, não podes... Não pode, não é, Rupert?

— É claro que não, agora que cheguei estás querendo desistir... Se ainda nem começamos, como diz o Luca.

— Está bem, está bem, rapazes, pra vocês não dizerem que eu não colaboro. Mas repito que não estou muito bom, um princípio de gripe. Se me acontece alguma coisa...

— Vê que eu vou nesta...

— Não queres, que doença que nada!

— Está bem, está bem, já disse, mais um então.

— Assim, agora sim, pois é isto, querias desistir antes de começar, abandonar teus colegas. Isto não se faz... Garçom, três...

— Que é isto, não íamos tomar chope?

— Ah, sim, é mesmo, só Rupert é que vai beber vermute e gim, nós bebemos chope...

Diz Paul:

— Pensando melhor, vou acompanhar o Rupert.

— Por quê, homem de Deus, por quê? Eu ia pedir três e tu me interrompeste, agora resolves pedir igual ao Rupert. Vamos decidir, o garçom está esperando.

— Resolvi acompanhar o Rupert, não posso? Mudei de opinião, que me impede! Não posso?

— Podes, homem, podes, ninguém te impede, mas decidam.

— Muda, assim como eu posso e vou ficar no chope.

— Então pode.

— Muito bem, garçom, um chope gelado e dois...

— O.K., seu Luca! Solta aí, ligeirinho...

— Me explica por que esta confusão toda.

— Mas que confusão, Luca?

— Vê, Rupert, o Paul está perguntando que confusão. Primeiro não permitiu que lhe pedíssemos mais chope, depois aceitou e logo mudou.

— É mesmo! Paul, conta pra nós.

— Será que vocês são burros, ou o quê? Eu já não cansei de dizer que estou gripado, com a cabeça ardendo! Queriam que eu ainda tomasse chope gelado. Só pra me matar...

— Mas se foi tu que pediste!

— Engano, meu caro, depois mudei.

— Afinal não há motivo pra tanta discussão. Acabou, está acabado, vejam se vocês agora vão brigar por causa disto. Como é, vamos disputar na porrinha?

— Não, hoje dividimos, não é, Luca?

— Acho melhor, que a gaita está um tanto escassa. Ei, você aí, como é, vem ou não vem essa joça?

— Já vai sair...

Aguardam a rodada. Calados. O entusiasmo e calor da palestra virão aos poucos, de manso, com a bebida, à medida que for sendo ingerida, até tomar conta deles por completo. Não adianta forçar. Esperam os demais, pois crescendo o grupo, crescerá a exaltação, que os submergirá por algum tempo, impedindo-os de pensar.

O garçom dispõe a bebida pela mesa. Todos bebem, religiosamente, como num ritual. A conversa escorre lenta, desinteressante. Estão à procura de um assunto que se coadune com o ambiente. Saltam de um tema para outro, sem maior vontade, sem prazer. Enquanto isto as rodadas vão se repetindo. O chope escorre do copo, transborda, empapa a mesa, em pequenas poças onde brilham reflexos da luz.

Sem saber como, de repente, Rupert percebe que está falando, já há bastante tempo, interessando os outros, muito animado, vermelho, fazendo grandes gestos com as mãos, a bater na mesa, enquanto das outras mesas sombras olham para eles. Fala para si mesmo, por um desejo imediato de extravasar. Tratam de política, de problemas da cidade, se contam segredos íntimos. De uma forma confusa, saltando de um assunto para outro sem ligação aparente, com a sem-cerimônia dos bêbados e das crianças. Chegaram outros dois, há pouco ou agora, quem saberá! Pedem sanduíches, azeitonas, *Rollmops*, comem, fazendo muito barulho e rindo. Generaliza-se o debate. É tarde, o bar esvaziou. Só eles cinco ficaram. Pensam em mulheres, onde acabar a noite, mesmo porque os garçons já começam a fechar uma das portas que dá para a rua, como que os mandando embora. Repentinamente, decidem acabar a noitada lá na zona. Andam abraçados, cantarolando, amigos e irmãos. Já agora quase brigam, querem ir a bordéis diferentes. Uns preferem filhas de colonos, desencaminhadas por namorados ou parentes; outros, operárias das fábricas que se entregaram aos patrões e aos filhos destes. Rupert tem destino certo. Convence um dos cinco a acompanhá-lo. Já haviam caminhado um bom trecho, quando ouvem a voz de Paul:

— Rupert, Rupert, espere aí! Vou com vocês.

— Então vem, ora bolas, era preciso gritar tanto?

— Não, é que eu tenho que ir pra casa, já é tarde demais pra mim, vêem, estou com uma gripe danada, nem devia ter ficado com vocês, mas a gente começa a beber e se esquece. Como vão para lá, eu vou junto, assim tenho companhia até perto de casa.

— Vamos. Queres passar na farmácia, tomar uma injeção ou um comprimido qualquer?

Caminham. Silêncio. A cidade dorme, um sono profundo de trabalho. As chaminés das fábricas sobem aos céus, caladas, paradas, num descanso também elas. Raros guardas-noturnos rondam.

Rupert abre a porta da casa, na zona, enquanto pensa: "Ainda bem que hoje não apareceu aquele turco, amigo do Paul, que vem de lá de Biguaçu para se intrometer nas nossas conversas, não se cansando de nos interrogar e fazer anotações. Ainda por cima o turco anda de namorico com a Karla."

7

Matilde

Era uma casa baixa, feia, disforme, perdia-se num beco escuro, numa ruazinha que a chuva tornava intransitável. Poucas mulheres. Por dentro, limpeza, ambiente mediano, uma sala com mesas e cadeiras onde eram servidas bebidas a preço exorbitante, alguns quartos... Ali em geral iam acabar as noitadas, quando não em outra casa mais no centro, bem-arrumada, num prédio novo, para onde se dirigiram Luca e o resto do grupo.

Matilde enrabichara-se por ele e Rupert sentia-se atraído pela mulher. Uma inexplicada paixão o prendia àquele corpo moreno e vibrante. Matilde, como muitas outras, viera parar ali por culpa de uma história banal, dessas que se contam às centenas e que não importa repetir aqui, mas o certo é que Rupert prendera-se a ela. Matilde era filha de alemã com negro. Desta mistura saíra um tipo exótico, de grande sensualidade, olhos azuis numa pele bem escura, cabelos longos cacheados. Um jeito felino de andar, dançarina exímia, excitava os *habitués*. Dentro dela se chocavam sentimentos contraditórios. Era de aparência plácida, simples, até simplória. De uma ingenuidade a toda prova. Nem sabia muito bem como viera acabar ali, ou sabia. Tudo tendo acontecido tão rápido e imprevisto, mas a ninguém culpava. Vivia a vida.

A paixão por Rupert, que ela sabia não ter futuro, era coisa recente. O rapaz, a princípio, apenas deixava-se conduzir por aquela mulher, pois isso lhe causava uma estranha satisfação. Fora assim: ele passava ali uma noite, vindo não sabia de onde, inteiramente embriagado, falando numa tremenda mistura de português e alemão, num dialeto que ninguém compreendia, dizendo coisas absurdas. Matilde foi chamada para se entender com o "patrício". Ela cuidou dele, ouviu impassível as chacotas das outras, que a tratavam de "mamãe". Na verdade julgava-se um pouco mãe daquele rapaz, no desejo instintivo da maternidade que toda mulher sente ao mais leve toque. O rapaz dormiu, indiferente a tudo, Matilde velando por ele. No outro dia, ela se propôs conquistá-lo. Ele de nada se lembrava. Ela, com calma e frieza, falou-lhe não só da noite passada, mas de toda a sua vida, como nunca falara a ninguém, numa espécie de desabafo, que a aliviava e lhe tirava uma carga das costas. Repartindo suas mágoas, contou-lhe da vida ali no bordel, de como tudo lhe era indiferente. Não pôde contudo esconder uma vaidadezinha, que Rupert achou pueril, ao dizer que os homens indo uma vez com ela sempre tornavam a procurá-la — se quisesse, podia, quando estivesse triste, visitá-la. Torcia para que o rapaz a desejasse. Em troca lhe daria a satisfação completa dos sentidos. Ele ficou, primeiro por uma espécie de piedade e curiosidade, logo acabou gostando de Matilde, que o tratava com adoração. Quando se sentia mais solitário e triste, vinha procurar em Matilde um ser igual.

Às vezes Rupert chegava de improviso e era obrigado a esperar, pois Matilde se encontrava com outro homem. Então seu orgulho de macho, que desejava a posse exclusiva da amada, se revoltava. Lamentava não ter coragem para retirá-la dali, montar-lhe uma casa, viver com ela. Via o quanto de romântico havia na idéia, irrealizável. Jurava não mais se sujeitar a tais vexames, servir de escárnio às outras mulheres que já o olhavam como o "protegido". Uma ou outra vez fazia um esforço sobre si mesmo e saía. Saía furioso. Poucos dias depois estava de volta, cabisbaixo, envergonhado, desejoso daquele corpo e daquela conversa mansa e boa. Matilde recebia-o como se nada houvesse acontecido.

Agora ele ali está e ela o vem receber.

Desejo de Matilde, do corpo de Matilde, dos seios e coxas de Matilde, do cheiro bom de fêmea que exala de seu corpo. Vontade de tê-la nos braços, de ouvi-la falando maciamente com voz rouca e baixa, de se perder em seu corpo, de em Matilde, após o gozo, encontrar paz e calma. Que só se lembra de ter conhecido igual, em pequeno, quando, com medo do bicho-papão das histórias que lhe contavam, ia dormir entre as pernas da criada Maria, colado com ela, sensação inexprimível para a sua alma infantil. Sensações difusas, difusas... Imagina-se de novo junto à Maria. Apalpa aqueles peitos rígidos e jovens, tão pequenos e tão belos. Maria se estorce de gozo inacabado e belisca o menino. O menino vaga, longe, longe quer alcançar alguma coisa, não sabe muito bem o quê. De manhã acorda com fundas olheiras, a mãe acha que o filho deve estar doente, enquanto Maria zomba dele, diz que ele está é ficando um malandro.

Matilde se entrega toda, suspira, chama-o meu queridinho, se funde nele, se une a ele numa só massa incandescente, deixa que de seus lábios escapem palavras de amor, enquanto o aperta, frenética. Rupert se perde naquele corpo bom. Não é mais ele, não é mais ninguém. Nem Matilde, tampouco. Ambos se integram num ato tão velho e sempre tão novo.

Dormem.

8

Amanhecer

Cedo ainda, saiu da casa de Matilde. Não tinha idéia do que acontecera com os companheiros da noitada.

Matilde, cheia de sono, ainda com laivos de desejo, o corpo envolvido em esvoaçantes vestes, pedia que ele ficasse mais um pouco e tentava prendê-lo contando como se encantara com o circo, que tinha visto pela primeira vez duas noites atrás. Na saída beijou-o, fez-lhe recomendações, Rupert mal a ouvia, numa ânsia de se afastar. Sensação de abandono, como se não pertencesse ao resto da humanidade. Se cada um de nós não trouxesse esta carga de hereditariedade e pudesse ser livre, irremediavelmente só.

A manhã surge, aos poucos. Manhã feia, de chuva, tudo nebuloso, pardacento, dando a impressão de sonho, um sonho meio realidade, em que as casas, as árvores, as pessoas são e não são as de sempre; gente que madruga, que se dirige às fábricas e ao mercado, com os grandes balaios de frutas e legumes. São operários, pequenos funcionários e empregados, os humildes que movem a sociedade.

As chaminés das fábricas fumegam, apitos cruzam o ar, são chamados insistentes, são ordens. As igrejas tocam matinas, e senhoras, alguns homens, crianças chegam para a primeira missa. Aos poucos o movimento cresce. São os retardatários. As lâmpadas elétricas se apagam, a chuva persiste. De longe em longe, a luz de uma lâmpada chega até a rua, furando a neblina. Vultos humanos parecem que foram tragados por um ser misterioso e estranho, sumidos na chuva, como se uma boca descomunal os engolisse. As ruas estão vazias, mortas, um ou outro transeunte vem quebrar o silêncio. As enormes bocas das fábricas engolem e vão triturando os homens que nelas entraram. Sairão depois metamorfoseados em mercadoria que irá servir a outros homens, em diferentes regiões do país.

Rupert continua andando. Lentamente. Solitário. A chuva insistente penetra-o até os ossos. Está de ressaca. Não se lembra bem dos fatos. Voltam-lhe os gritos do pai, lampejos da discussão em torno do pleito eleitoral, aos altos brados no bar, Paul deblaterando que o brigadeiro Eduardo Gomes vai perder para o marechal Dutra, Lucas perguntando se melhor do que Dutra ou o brigadeiro não seria o Yedo Fiuza, tudo permeado por vagas lembranças da noite com Matilde.

Voltam-lhe duras palavras do pai, sente-se triste, pois vê que há nelas alguma verdade.

Os pés de Rupert chapinham na calçada, pisa em poças barrentas, continua andando, andando, enquanto a água lhe escorre pelo corpo...

A voz do pai vem vindo, vem vindo, por entre a chuva.

— Tudo isto, filho, foi feito por nós, por nossos antepassados.

Aponta para as casas, as fábricas, as ruas, a cidade que coleia, acompanhando o rio. A voz vem triste, com um tom de ressentimento e mágoa.

O rapaz retruca:

— Sim, pai, sim.

Logo se cala, diante da mansuetude do pai.

A voz paterna some. Rupert aguarda, nervoso. A desaparição é rápida e a mansuetude some também, as palavras vêm grossas, pesadas, entravadas na garganta, entrecortadas de exclamações em alemão, com algumas palavras em português:

— Que era isto? Nada! *Ach!* Não passava de mato, florestas, unicamente matos e florestas, com índios e animais selvagens. E não faz nem cem anos. Olhe agora para o progresso. *Wunderbar*. As fábricas, a importância do município. Tudo obra nossa, obra do Dr. Blumenau, do Dr. Fritz Muller e dos que os seguiram. Me diga o que seria isto ainda hoje...

Rupert se enche de brio e quer retrucar, falando do massacre dos índios e perguntando se aquela é a cidade dos sonhos do Dr. Hermann Blumenau e do Dr. Fritz Müller.

Num passe de mágica o cenário se transmuta diante de seus olhos: ali estão os desbravadores, os colonos chegando, subindo rio acima. Agora, as casas que se erguiam altaneiras deram lugar às antigas choupanas; as fábricas já não mais ali estão; nem as ruas e as praças. Diante de Rupert a mata virgem de um século atrás.

9

1855

Já faz cinco anos que o Dr. Blumenau chegou. E luta para trazer mais imigrantes. Em suas cartas fala na terra, no quanto é boa, nas oportunidades iguais que há para todos, só dependendo do esforço próprio. Aos poucos o convite vai sendo atendido. Na Alemanha, o sábio Humboldt tudo faz para auxiliar seu amigo Blumenau. Os dezessete pioneiros já se transformaram em dezenas, logo serão centenas. Outras levas vão chegando, enfrentando a mata a ser desafiada pelos que fugiam da miséria na Europa, atendendo ao estímulo do farmacêutico Hermann Blumenau; aos alemães se juntaram, por equívoco, tiroleses que, ao contrário do esperado, só se entendiam na língua italiana. Procurarão concretizar o sonho do empreendedor Dr. Blumenau; Fritz Müller quer mais, implantar uma comunidade socialista, utopia que acalenta há tantos anos. Formarão ali um núcleo avançado, criarão uma nova civilização, sem tantas desigualdades.

Muitos vêm fugidos das perseguições políticas ou da fome no campo, chegam sem ter a mínima idéia do que irão encontrar, pois as informações que recebem são parcas e fantasiosas também, lá dentro deles, os planos são difusos, criar raízes na nova terra ou, quem sabe, amealhar recursos e voltar para a Europa.

Sem precisar a data, Rupert assiste a uma dessas chegadas; é justamente nela que vêm seus avô e tio-avô. Colonos aguardam o barco, quem sabe nele estarão parentes ou amigos, pelo menos uma carta dos que na Alemanha permaneceram. Desembarcam homens e mulheres, raras ou nenhuma criança, são saudados com entusiasmo. Os recém-chegados cochicham entre si, olham espantados para o que os cerca, com alguma decepção e receio. Dali podem divisar o vilarejo, o mato tomando conta de tudo, desafiando as pessoas, no meio daquela clareira. Mal refeitos da viagem, a recepção calorosa os estimula. Encaminham-se para o povoado, onde alojamentos já os aguardavam. Pela noite, festa, comemorando a chegada dos novos companheiros, homens e mulheres confraternizam.

Rupert quer se chegar, entender o que dizem. Não consegue se mover de onde está. O cenário se transmuta.

Ele não está mais na rua, nem na chuva; está em casa, ao pé do fogo, numa noite fria de outono, o vento tamborila lá fora, a mãe cercada pelos quatro filhos, servindo bebidas quentes e guloseimas, enquanto o pai fala, todos presos aos lábios do pai, mesmo Rupert, esquecido de continuar beliscando Fritz ou Karla ou o Caçula. Ele recompõe a cena em suas minúcias mais insignificantes. Revê o vestido rosa de Karla, rodado, um pouco curto, lhe deixando de fora as pernas grossas; lembra-se das calças curtas e apertadas, com camisa de pelúcia de Fritz; vê o

Caçula pulando para o colo da mãe, que o acaricia, e ele sente uma pontinha de ciúme, o pai e a mãe com casacões de cor parda; lembra-se de si próprio estirado no chão, perto do fogo, mastigando um pedaço de bolo. Sabe que apesar de toda a descrição minuciosa do pai, da fotografia mostrada, tentou inutilmente visualizar o avô e o tio-avô. Eles lhe fugiam, diluíam-se na sombra, sumiam no fogo que brilhava. As labaredas crescem, zombam dele, vêm lamber a boca do fogão, querendo se projetar para fora... Súbito, sem motivo, Rupert leva um tabefe, o pai se erguendo para ele, enorme, olhando-o lá de cima.

Parado na calçada, sob a chuva que tomba sem cessar, Rupert, alheio a tudo, se esforça para diferenciar a fantasia da realidade.

10

Amigo

Eis que surge Hermann, antigo colega de escola. Os avós de Hermann acompanharam os avós de Rupert; eram do mesmo condado na Alemanha, também lá gente arruinada. Mas aqui, ao contrário dos Von Hartroieg, a sorte sempre lhes fora adversa.

Como os outros, compraram terras em condições favoráveis e se puseram a amanhá-la, porém, sempre lhes surgindo contratempos. Ora uma doença, saíam dela, um desastre, morria-lhes o animal que os ajudava; a enchente de 1880 levara o pouco que haviam conseguido. Não desanimavam, tampouco invejavam a prosperidade de outros, bafejados pela sorte. Essa história, Rupert ouvira narrada de várias maneiras pelos pais de Hermann. Houve uma ocasião, pareceram erguer a cabeça. Já tinham uma boa casa, viviam mais folgados. A cidadezinha foi acordada: um incêndio, nunca devidamente explicado, lavrara na casa do pai de Hermann, avançava rápido, destruía tudo; na ânsia de salvar seu teto, o pai de Hermann foi tragado pelas chamas. Rupert jamais esqueceu a fogueira iluminando a noite. Na manhã seguinte, as pessoas rodeavam o montão de cinzas, tudo perdido. Até o chefe da casa. A família se desesperou. O povo comentava que eles davam azar e tentavam impedir que os filhos brincassem com Hermann e seus irmãos. O adolescente Hermann deixou os estudos e tomou o encargo da família. Foi nessa época que Rupert mais se chegou a ele, estavam sempre juntos, discutiam, eram amigos, e tinham um interesse em comum: Ilze. Depois, sem o sentir, foram se separando. Hermann não tinha tempo para as conversas de Rupert, precisava ganhar a vida. Rupert achava que Hermann só pensava em "ganhar a vida".

A família de Hermann vivia lutando, cultivava o pequeno terreno que mal dava o sustento; possuíam uns quantos animais, comprados à custa de muito sacrifício. A mãe na lida doméstica, os filhos empregados no comércio, apenas Hermann operário de uma fábrica de tecidos. Saía estafado, sem ânimo para nada. Hermann e Rupert continuaram amigos, mas pouco se viam. A vida os levara para caminhos diversos. Um, filho de pai rico, podia continuar fazendo suas extravagâncias, tinha tempo para pensar em absurdos o dia todo. O outro, trabalhando todo o dia, à noite não lhe sobrava tempo nem vontade para divagações.

Ao se encaminhar para a fábrica, eis que vê Rupert parado, parecendo doente ou embriagado. Volta à bicicleta, para atender o velho amigo. A princípio Rupert não o reconhece. Mas logo faz que sim, como não, o bom amigo Hermann, por onde tem andado...

— Como vais, que tens feito, ninguém mais te enxerga?

— Trabalhando...

— Olha que trabalhar também tem um limite...

Tenta fingir uma alegria que não sente. Não sabe por que não quer demonstrar a Hermann, precisamente a ele, o que se passa em seu íntimo, a luta que vem travando. Pejo, sim, pejo é o que tem. Torrentes de recordações jorram...

— E não trabalhar também tem um limite...

É o que lhe retruca Hermann, num ar meio de chacota, meio sério.

Os dois ficam ali sob a chuva, se observando, sem jeito, ambos tolhidos por uma timidez inexplicável.

— Bem, mas tenho que ir, já estou atrasado, a mãe está doente, passei na farmácia e depois na casa da Ilze, para falar com o pai dela.

— Já? — diz Rupert, sem saber muito bem o que quer. Essa saída do amigo, essa referência à Ilze...

O outro tudo compreende, parece que adivinhou o que se passa na alma do companheiro de infância, se despede não sem antes mandá-lo para casa, que assim irá adoecer, com essa roupa molhada, promete que aparecerá um dia desses qualquer para uma longa conversa. Antes de ir-se, contudo, atira, assim muito despreocupado, como quem está fazendo uma pergunta comum e sem maior importância:

— E Ilze, tens tido notícias?

Salta na bicicleta e parte, sem esperar resposta.

Ilze... Ilze...

Rupert fica pensando nela, na companheira dos seus tempos de menino, na sua namoradinha. Sua e de Hermann. Ambos a queriam para noiva e prometiam casar com ela. Ela então, viva e esperta como todas as meninas, em geral mais sabidas do que os rapazes, fingia estar em dúvida, não saber a qual dos dois preferir. Os três esqueciam o tempo brincando, ora um era o marido, os dois na casa arrumada, conversando, ele lendo o jornal, enquanto ela varria a casa, o marido a chamava para lhe mostrar uma notícia, então chegava o compadre, contava histórias, ele sempre tinha novidades para contar, a casa que ia construir, o filho que ia casar com a menina do lado, ficavam a comentar a beleza e o valor da menina. Depois iam comer alguma coisa, o compadre se negava, que não, não queria dar incômodo, mas que incômodo, retrucavam, era um prazer, um grande prazer, só que desculpasse, não o esperavam.

Em geral, as brigas eram porque os dois queriam ser "marido". E apresentavam suas provas: "Da outra vez eu já fui o compadre. Não é, Ilze?" Ela ficava atarantada, sem saber o que dizer, pois não desejava contrariar nenhum dos dois.

"Como estará Ilze agora", pensa Rupert. Por que a pergunta de Hermann e a saída antes que eu respondesse?

Hermann também vai pensando em Ilze. Nunca teve muitas ilusões, desde pequeno foi um menino prático e via as coisas mais longe do que os outros. Notava a preferência de Ilze pelo amigo. Tudo fazia para se tornar o preferido. Inútil. Ilze tentava não mostrar que gostava mais de um ou outro, levavam tudo aquilo como mera brincadeira de crianças. Mas sabiam que algo mais sério lutava dentro deles. Assim se passava o tempo. Começaram a freqüentar a escola. Rupert, contrariando o pai, foi juntamente com Hermann.

Hermann suspira e desvia a bicicleta da menina que atravessa correndo a rua, as tranças loiras como as de Ilze.

Não pode se furtar ao pensamento: não existiria Ilze se Günther Bornmann não tivesse escolhido viver em Blumenau. O pai de Ilze tinha chegado a Blumenau em 1922, depois de uma rápida parada no Rio de Janeiro, a fim de legalizar sua situação e conseguir a carteira modelo 19. Tinha cerca de trinta anos, bem-posto, simpático, conversador, logo fez amizades na cidade, comprou um terreno no centro, ele mesmo fez a planta para uma casa de dois andares, em estilo enxaimel; na parte de baixo abriria uma ótica e relojoaria, nos fundos um laboratório fotográfico. Günther fora soldado na Guerra de 1914/18, mas antes de sua eclosão, como se pressentindo o que viria a acontecer, a derrota da Alemanha, mandara para uma agência do Banco do Brasil, no Rio, quase tudo o que a família possuía, acumulado num banco de Hamburgo. Ele era natural de Lübeck, falava da cidade cercada por altas muralhas, casas com mais de quatrocentos anos e, orgulhoso, mostrando um exemplar do romance *Buddenbrook, Verfall einer Familie*, repetia que chegara a conhecer Thomas Mann e, com a mãe do escritor, brasileira, aprendera algumas palavras de português e tinha uma vaga idéia do que era o Brasil. Jovem, Günther fora trabalhar em Hamburgo e não raras vezes via chegarem navios com a bandeira do Brasil, acalentando o sonho de conhecer aquela terra estranha e exótica; mas fora convocado e servira os quatro anos como soldado. Terminada a guerra, fez um longo trajeto da Alemanha para a Espanha, da Espanha para Portugal, onde afinal, conseguiu um navio que o trouxe para o Rio de Janeiro.

O menino com um cesto de peixe foi o bastante para ativar a memória de Hermann, lembranças muito nítidas.

Uma tarde bonita. O pai de Ilze resolvera fazer uma pescaria, que outro trabalho não desse senão colher os peixes. Para isso preparou uma bomba, foi a um recanto do rio onde havia cardumes no fundo, jogou comida. Em pouco se viam os peixes rebrilhando ao sol da tarde. Günther aguardou um momento propício e atirou a bomba. Toda a calma foi desfeita. A bomba explodiu, a água ergueu-se a grande altura, logo se acalmou de novo e peixes nela boiavam mortos ou atordoados, enquanto outros eram levados pela corrente. As pessoas entraram n'água e em balaios foram recolhendo os peixes de todos os tamanhos, alguns que nem podiam ser aproveitados de tão pequenos, e que de novo eram atirados à corrente, que os levava para longe. Hermann não consegue se recordar muito bem por que Rupert caiu na água, que não era muito funda, mas não dava pé para as crianças. Viram-no bracejar, afundar-se, tudo num segundo, sumir, enquanto Ilze deixava escapar um grito e ele, Hermann, avisava um senhor que se encontrava perto. Foi dado o alarme, deixaram os peixes em paz e pescaram Rupert. Quando o trouxeram para terra já havia engolido bastante água. Ilze chorava, abraçada a ele, que em pouco se refez.

— Mas o que tem isso! — exclama agora Hermann. — É mais do que lógico que Ilze se assustasse. O mesmo se daria se em lugar de Rupert eu tivesse me afundado.

Enquanto pedala a bicicleta, as lembranças de Hermann se atropelam. Quando terei visto pela primeira vez aquele alemão envolvente, que se casa com minha prima distante? Mais uma vez lhe vem a imagem de Ilze, que em 1927, com uns três anos, chora querendo a mãe e o irmão, que tinham morrido de complicações do parto.

11

Colonização

Rupert volta a andar. Não faz muito a chuva parou, se bem que tudo ainda permaneça escuro. Quer se dirigir para casa, mas uma força inexplicável obriga-o a visitar os recantos de sua infância, a maioria irreconhecível. Quase oito horas já. Não sente fome. Assim mesmo entra num bar e toma uma média com pão e manteiga. Sai, retoma a caminhada.

De repente, torna a ouvir a voz do pai. Agora une fatos antigos e novos. Explica. Compara. Mostra e analisa. Define.

"Ali, naquele lado, onde vês as grandes fábricas de tecido, era um descampado, e por volta de 1865 os colonos foram atacados, lutaram contra os índios. Foi uma luta feroz, as mulheres e crianças gritando, sem grandes meios de defesa, pois a colônia mal estava começando. Adiante, perto da Sorveteria Polar, havia um albergue onde os imigrantes se acomodavam até que conseguissem um pedaço de terra."

Cala-se, logo retorna:

"Eu poderia começar te contando tudo sobre a cidade, desde o início. No dia 2 de setembro de 1850, depois de vencidas as corredeiras do rio Itajaí, desembarcavam, na barra dos ribeirões Velha e Garcia, os 17 primeiros imigrantes, provindos da longínqua Hamburgo e trazidos pela mão colonizadora de Hermann Blumenau. A ocupação se foi efetuando ao azar das necessidades, no vasto território. Cumpria vencer os índios, as feras, os répteis venenosos; cumpria resistir aos caprichos do Itajaí-Açu."

Este velho *Herr* Hans, que parece outro, relembra comovido passagens menos conhecidas da vida da cidade, dizendo: "Nem sempre os que trabalharam e merecem são reconhecidos. A história comete injustiças. Quem se lembra hoje do que representaram teus avós! Nem seus nomes são citados."

"Quem se lembra de que o Dr. Blumenau, o Dr. Fritz Müller e teus avós não aceitaram o braço escravo que lhes foi oferecido pelo imperador? Queriam construir um recanto de homens livres."

Rupert ouve, entre comovido e irritado, e tenta retrucar: "Mas por que não me fala dos índios? Friamente massacrados." Não tem coragem. A voz continua:

"A vida na Alemanha, depois do período de glórias da família, não corria muito bem. Vários acontecimentos adversos, como exemplo as lutas de 1840, o excesso de população, o clima de ódios e incompreensões, nos trouxeram para cá. Havia oportunidades para todos. Até mesmo os Bunn, uns judeus, gente de perto do nosso condado, quase sem nada, meros assalariados, são hoje donos de grande casa atacadista e sócios de rede bancária."

A voz do velho continua ali, magoada, vagarosa, dorida. Ele não quer ouvir o que diz Rupert. E prossegue:

"Meu irmão e eu nascemos aqui. Ele e teu tio-avô morreram num ataque dos índios, e a enchente de 1880 levou o pouco que teus avós haviam conseguido. Apesar de todos os percalços, a vila foi elevada à categoria de cidade. Casualmente até me lembro do decreto e do número, meu pai sempre se referia ao fato, foi pelo decreto estadual número 1.897. Nesse dia a nova cidade entrou em festa. Me lembro com saudade das comemorações de entrada do século, eu já com quase quinze anos, os fogos noturnos, as festas e danças. Da minha mocidade um dos fatos que julgo mais importante, de conseqüências funestas, foi a grande enchente de 1911. Lembro-me bem: casas tomadas pela água, árvores e animais carregados pela correnteza. Dias se passaram assim. Parecia um segundo dilúvio. A chuva insistindo. Depois parou, mas a água parou também, estagnou. Nada de baixar! Certo dia, a água começou a voltar ao seu curso normal. E tudo foi rápido, como se ela tivesse pressa de deixar a terra que não lhe pertencia. Uma camada espessa, lodosa, tudo cobria, o sol escaldante endurecia o lodo, do qual se evolava um cheiro acre de coisa podre. De repente descia dos céus, em vôo rápido, um bando enorme de urubus, atacando a carniça, brigando."

Quantas vezes, desde pequeno, Rupert já não terá escutado tudo isso, de mil formas? O passado relembrado pelo pai é como uma fotografia que permanece imutável; no entanto, Rupert reconsidera, até as fotografias esmaecem.

12

Irmãos

Do mesmo sangue, da mesma carne, do mesmo pai e da mesma mãe, no entanto tão diferentes: o submisso Fritz, a revoltada Karla, o imprevisível Rupert, o afetuoso Caçula. Rupert teme se rever no irmão mais velho como num espelho. Não terá ele, por mais que o negue, um tantinho de toda a família? Outra dúvida o assalta: será por perceber confusamente que aos poucos a família dos Von Hartroieg vai se desagregando que *Herr* Hans é tão tirano?

A vida é uma coisa pobre e sem esperanças, conjectura ele, se não lhe descobrimos uma finalidade. Não, não é a vida, sou eu. A vida não comporta nem esperanças, nem desesperanças. A vida espera. O que nós trazemos dentro de nós, sim, ali é que se encontram e frutificam ou morrem as esperanças... Reconsidera, qual será o cimento da união familiar, definitivamente não é a riqueza, tampouco a pobreza.

Uns fiapos de sol furam as nuvens erradias, pejadas da chuva que mal tombou, Rupert imagina que pela noitinha talvez desabe uma trovoada que tudo alagará. Ele está indeciso, quer e não quer chegar em casa, se encaminha para perto do rio e senta num banco de pedra, logo logo o sol secará a roupa encharcada e grudada no corpo. Na água tranqüila, uma barcaça atraca e dela desce um jovem. Rupert leva um susto e imediatamente suas lembranças recuam até o final de 1945.

É num bar próximo ao ponto onde ele agora está. Faz pouco, anoiteceu. Ele conversa com um jornalista há uns quatro dias na cidade, preparando uma reportagem sobre o vale do Itajaí, para a revista *O Cruzeiro*, acompanhado de um fotógrafo. Mais do que isso, pensa Rupert, também parecem fazer sondagens a fim de saber qual terá mais votos, na próxima eleição presidencial, se o brigadeiro Eduardo Gomes, da UDN, ou o marechal Dutra, do PSD. Rupert e o jornalista, que se chama João, encontraram-se por acaso no mesmo dia da chegada e a conversa, desde então, vem se estendendo, tratam de tudo e discutem até literatura. Enquanto bebem doses de Steinhäger, o jornalista fala do último livro que leu, o romance *Canaã*, de Graça Aranha, e repete: "Vou deixá-lo com você, mas não vou dizer uma única palavra a respeito do mesmo, quero que o leia e me mande suas impressões, pois tenho certeza que é de seu especial interesse." Ao se despedirem, o jornalista comenta que mal vê o fotógrafo, este, desde que encontrara uma loira, só aparecia nas horas de trabalho.

Rupert afinal chega em casa, a noite é quente, tira a roupa, põe apenas a calça do pijama, mal abre o livro e adormece num sono profundo. Acorda estremunhado com alguém grudado nele, uma voz feminina lhe sussurrando, depois a língua que lhe lambe o ouvido, as bochechas, o pescoço, para afinal grudar sua boca na dele. Os bicos dos seios agridem seu peito e sem sentir ele está em cima daquele corpo, mas num ápice percebe o horror da situação, se afasta, levanta a mulher nua, enrola-a num lençol, arrasta-a pelo chão, ordena que vá para junto de Fritz, e a porta do quarto, que sempre permanecia sem chavear, agora a tranca, assim como fecha a janela com o trinco, e se deixa ficar estupefato, sem aceitar o que esteve para acontecer.

Na manhã seguinte não tem coragem de tomar café com os demais, pois não quer se encontrar com a mulher que estivera em seu quarto. É também nesse dia que a cidade é sacudida com a notícia de que Ilze havia partido com o fotógrafo e o jornalista.

O tempo... Rupert mal abriu o romance, mas não se esqueceu do jornalista, a ausência de Ilze dói e ainda luta para apagar a sensação do corpo da mulher colado ao seu.

Sem querer, repete:

"A vida, mais leve que a fumaça.

Passa..."

E adiciona:

"A vida, mais leve que a fumaça, não passa, fica;

Mas o homem passa."

Atração irresistível pelo passado, embora sonhe com um futuro longe dali.

Levanta-se do banco de pedra, o tal jovem que divisara saindo da barcaça sumiu. O solão castiga-o, a roupa já seca, mas grudada no corpo. "Não tenho outro jeito, andemos, cheguemos em casa. Tremo, acho que tenho febre, devo ter delirado, tudo está confuso, também não é para menos, por onde terei andado?"

13

Jandira

— Rupert! Que fazes aqui na rua, com essa roupa toda grudada no corpo, como se tivesses tomado um banho de rio com a roupa, esperando que o sol a secasse? Vais adoecer, seu maluco! O mesmo doido de sempre...

Vira-se. Mesmo sem se virar já sabe quem é. Aquela voz arrastada, sensual, clara...

— Como vais, Jandira?

— Vou bem, eu. E tu, tu sim, me parece que não vais bem. Sempre com as mesmas maluqueiras. Que te aconteceu? Me conta, não tenhas medo, não passo adiante.

A voz é pausada, cheia de insinuações, movendo todo o rosto, dando uma mobilidade enorme a toda a fisionomia. Os olhos verdes brilham, atraem e prendem. A cabeleira solta, o gesto alado das mãos, o jeito como ela se move parece um chamado; o bamboleio das ancas, em destaque; as pernas longas, o ar de sexo que se evola de Jandira, que atrai todos os olhares.

— Não, vou bem. Nada pra contar...

— Mas vai bem, hein, está se vendo, queres me enganar? Pois sim.

— Vou, estou dizendo, que interesse tinha em mentir?

O encontro desagrada-o. Ela é a pessoa que menos gostaria de encontrar agora. Sente raiva de Jandira, se ela ao menos parasse... Que nada, insiste.

— Fale, não vou contar pra ninguém, me diga onde andou, gosto de saber dessas histórias escusas, sabes, sou camarada, posso até te ajudar. Me diz aqui bem em segredo: onde tu andou, que andaste fazendo? Estás assim com um ar de quem cometeu crimes horrorosos, homem! Fala. Chii, menino, como estás pálido, até parece que vais desmaiar. Mas estou falando muito e a dizer bobagem, será que estás chateado e cansado de mim? Pronto, falo sério, diz o que há.

Jandira sempre o deixara enleado com sua volubilidade. Uma volubilidade às vezes só de aparência, escondendo uma profunda capacidade de análise, sempre pronta a captar as coisas, a perceber os menores subentendidos. Perto dela, Rupert ficava sem jeito, tonto, não encontrava o que dizer nem fazer com as mãos, as palavras não lhe saíam com facilidade. A língua presa, um bolo na garganta, sem poder pensar com nitidez. Ela, que notava tudo, com seu grande senso de observação, gostava de gozar o canhestrismo dele, deixá-lo mais sem jeito ainda. E Rupert, percebendo que estava sendo notado, todas as suas reações estudadas, perdia totalmente o controle dos nervos. Vinham-lhe ganas de pegar a moça, apertá-la, esganá-la. Mas não. Desejava-a mais nessas ocasiões. Queria era esmagá-la debaixo dele, queria possuí-la, fazer com que ela se entregasse e perdesse aquele ar de superioridade, esquecesse o riso cético, de mofa e zombaria, que o torturava. Ela então sentia piedade daqueles desejos tão desencontrados e o soltava de sua rede. Mais miserável ele se via, por não poder se libertar por si só, sem a ajuda da moça. Fechava-se num silêncio cheio de orgulho. Haviam se conhecido na escola, ela atraindo a atenção, porém sempre independente, atilada, talvez a melhor aluna, a que mais surpreendia os professores com suas respostas e sua clara voz, por vezes zombando daqueles ares de superioridade.

— Mas Rupert...

Jandira alegre, Jandira maliciosa, Jandira dos olhos úmidos, Jandira que fala e comenta, que se estorce de riso.

— Escuta, Rupert...

Contava novidades, ria muito. Às vezes conseguia colocar Rupert no seu estado normal, "nos eixos". E então conversavam, discutiam, faziam planos, cada qual o seu, eram amigos. Hoje ela viu que nada vai conseguir, mas insiste, não pode se dar por vencida sem mais nem menos. Lembra-se de outras vezes...

Quando Rupert conseguia esquecer-se da mulher que ela era, ainda que por pouco tempo, se tornavam bons amigos, tinham inteira liberdade. Falavam de mil diferentes assuntos, tudo criticavam, com naturalidade. De repente, ela deixava escapar uma opinião maliciosa, de duplo sentido, bem feminina, e lá a coisa desabava, voltando ele de novo ao antigo estado, sem saber como pudera se deixar levar. Emburrado, calado, e por mais que Jandira se esforçasse não conseguia fazê-lo falar outra vez. Inútil insistir.

Os planos de ambos, ah, os planos de ambos.

O dele, que a ela parecia muito vulgar, muito banal e corriqueiro, era o de poder libertar-se, fazer sua vida em outro lugar, independer do pai, perder sua longa série de complexos.

Ela, ao contrário, não queria pensar em coisas sérias, tristes. Pra quê? Se não pioram nem melhoram a vida! Se a vida já é de si tão curta! Vamos aproveitá-la. Desejava ser cantora, se pudesse se desgrudar dali, visitar povos exóticos, conhecer outras gentes, príncipes encantados e amores eternos. Que se digladiariam e matariam por causa dela, em batalhas que ficariam célebres e a tornariam uma nova Cleópatra. Pois ela cada dia que passava mudava a figura do amado, trocava-lhe a fisionomia, traço por traço, e o caráter. Queria-o bom e mau, forte e fraco, amoroso e impassível. Desejava protegê-lo como um filho, maternalmente, e que ele a protegesse com sua virilidade, apoiar sua fraqueza de mulher nele: que ele a magoasse e acariciasse, quando desejada. Achava este nosso mundo de hoje muito vulgar e banal, sem rasgos de heroísmos, sem as atitudes cavalheirescas de antigamente, que ela só encontrava nos livros, vivia encharcada de sentimentalismo, de repente sem razão se punha a chorar ou a se maldizer.

Mas sabia que tudo não passava de sonho, puro sonho. Ia acabar, quem sabe, burguesmente casando com um joão-ninguém qualquer, muito prosaico e terra-a-terra, que lhe daria meia dúzia de filhos, a quem ela daria alguns incômodos com suas doenças imaginárias. Velha, os filhos crescidos, seria uma senhora respeitosa e respeitável, modelo de mãe, apontada na rua, admirada, que daria sábios conselhos aos filhos e aos amigos dos filhos. Risível vida: como se livrar, porém? Não era bastante audaz para fugir, se bem que às vezes tentasse; invejava Ilze e a coragem que tivera se mandando, sem se despedir.

Rupert era um dos seus raros amigos, a quem ela estimava de verdade. Ela gostava daquele rapaz pessimista e misantropo, mórbido, cheio de complexos, atormentado por dramas de consciência. Ela dizia-lhe que a culpa de tudo era do demasiado dinheiro, das facilidades encontradas, se como o Hermann tivesse de trabalhar o dia todo para viver, matar a fome antes que esta o matasse, alimentar a família, não teria tempo para tantas elucubrações. Ele devia se decidir o quanto antes, o mais cedo possível, amanhã mesmo, enquanto era novo.

Depois de tais conversas, que às vezes degeneravam em ferrenhas discussões, os dois tinham idílios suaves — os únicos que se permitiam.

Jandira, mais sensual, se refregava a tempo. Punha-se a brincar:

— Cuidado! Não avancemos o sinal. Eu não te sirvo, nem tu serves para mim, não estou disposta ou preparada para uma aventura.

Na rua, os dois se olham indagadores.

O pai de Jandira, Domingos Baiano, filho de um português e de uma negra com sangue indígena, cabo do exército, chegara a Santa Catarina com o batalhão do general Estilac Leal, para combater os caboclos do Contestado. Sentia-se desconfortável porque, adolescente, assistira ao desmoronamento de Canudos, do Reduto do Conselheiro e, durante quase um mês, fora uma espécie de guia de Euclides da Cunha. Terminada a Guerra do Contestado, ele pediu baixa, ficou por uns tempos em Curitibanos, veio depois para Blumenau. Habilidoso, o chamado "pau para toda obra", era um exímio violonista, começou tocando em bares, música popular brasileira, e também, alguns *Lieder* germânicos. Foi num bricabraque, procurando cordas para o violão, que encontrou "sua alemoa". A mãe de Jandira era filha de alemães da segunda geração, não foi fácil a família aceitar o casamento daquela *Fraulein* com o mestiço baiano. Jandira puxara mais ao pai e em algumas noites, já adolescente, acompanhava-o nos bares. Ele tocava e ela cantava com uma vozinha clara e melodiosa. Domingos Baiano foi um dos primeiros amigos de Günther e este o ajudou a organizar um quarteto de cordas, que se apresentava em bailes, casamentos, aniversários; o conjunto tocava e Günther fotografava. Os pais de Jandira não quiseram, ou não puderam ter outros filhos, lhe devotavam um carinho intenso e lhe davam uma liberdade que os parentes consideravam excessiva. Ela brincava com Rupert, repetindo toda sestrosa, "sei até onde posso ir, mas se algum dia quiser perder a virgindade, te aviso, serás o primeiro".

Jandira já se distanciava quando, sem se voltar, fez uma pergunta que mexeu outra vez com as mais íntimas lembranças de Rupert:

— Tens tido notícias de Ilze?

14

Febre

Entrou em casa, dirigiu-se ao quarto, uma terrível dor de cabeça, um tremor geral. O corpo dói, os olhos ardem, uma fraqueza nas pernas. A melhora sentida com a presença de Jandira fora provisória. Fez um esforço, levantou-se, devia ser gripe. Foi ver se encontrava uma aspirina ou coisa semelhante. No quarto dele não havia, talvez no da mãe ou da irmã, atravessou as salas vazias. Engoliu dois comprimidos.

Não consegue dormir; os comprimidos e a febrícula deixaram-no mais aceso: tudo culpa da Jandira, que foi falar em Ilze; as lembranças afluem e ele se sente em outro tempo.

Está na casa de Günther Bornmann, pois não se cansa de ouvir as histórias que o homem lhe conta; os perigos passados durante a guerra; a morte dos pais no bombardeio; duas irmãs sumidas das quais jamais teve notícias; as lembranças do que lhe havia contado a mãe brasileira de Thomas Mann, Júlia da Silva Bruhns; o trabalho em Hamburgo por um curto período depois da guerra; a opção pelo Brasil. Não houvera uma conversa única, mas várias. À medida que Günther e *Herr* Hans se desentendiam e se afastavam, mais Rupert se aproximava daquele homem que tinha idéias próprias e uma visão de mundo avançada para sua época, resultado da dura experiência de soldado raso. Ele não voltou a casar, em compensação, eram incontáveis as histórias a respeito de seus casos amorosos, até com mulheres casadas. Não aceitou que os avós cuidassem da neta. Contratou uma governanta, Gertrud, senhora idosa, que sabia alemão e português, ficando ela com a responsabilidade da casa e dos cuidados com Ilze, a quem ia ensinando ambos os idiomas, enquanto o pai lhe ensinava francês e espanhol. Tinham uma empregada para os afazeres domésticos, cozinheira de "mão cheia". Em pouco tempo Günther fizera muitos amigos; além de cuidar da loja, também exímio fotógrafo, ia documentando a cidade que escolhera para viver. No andar térreo da casa, ao lado da loja, uma saleta, onde recebia os amigos, que ali encontravam revistas alemãs e brasileiras e sempre um cafezinho ou uma cachaça à disposição. Pouco antes do nascimento de Ilze, em 1924, fizera com grande êxito uma primeira exposição de suas excelentes fotos. Levou mais de três anos após a morte da mulher, em 1927, para expor pela segunda vez. Nessa, além de Blumenau e regiões vizinhas, registrava a caminhada, em 1930, das forças de Getúlio em terras catarinenses.

Com a ascensão de Hitler ao poder em 1933, as discussões com *Herr* Hans e outros que aplaudiam o homem de bigodinho, Günther passou, com um reduzidíssimo grupo de amigos, a mostrar o perigo que representava aquele pintor frustrado. Em 1936, vaiou e quase lhe bateram ao interromper o discurso do líder integralista Plínio Salgado, em uma praça de Blumenau. Em 1937, com o poder de premonição que parecia ter, previu a chegada do Estado Novo e seu elenco de violências, tal como pressentia uma guerra de âmbito mundial.

Um episódio da infância insiste em perturbar Rupert: foi à casa de Günther e não o encontrou, mas a pequena Ilze, muito positiva em seus nove anos, afirmou que o pai não iria demorar; levou-o à saleta e puseram-se a folhear revistas, algumas em língua alemã; Rupert quis ler a revista *O Cruzeiro*, porém Ilze arrancou-a das mãos dele e pôs diante de seus olhos uma fotografia de página inteira onde dois atores de cinema alemães se beijavam na boca. Num gesto brusco e inesperado, Ilze fez o mesmo. Rupert jamais conseguiu se esquecer daquele seu primeiro beijo na boca, que Ilze nunca mais repetiu. Tal como não teve coragem de perguntar a Hermann se o mesmo acontecera com o amigo.

Günther acompanhava pelo rádio os acontecimentos mundiais; sofreu muito com a derrota da Espanha, percebeu que Hitler não pararia em seu desvario. As relações com *Herr* Hans, que, tal como boa parte dos descendentes de alemães, aplaudia as conquistas de Hitler, praticamente se romperam.

15

Trabalho

Rupert acordou quase ao meio-dia, embora pouco tivesse dormido se sentia bem melhor, apenas uma leve fraqueza, nenhum sono. Depois de tomar banho e fazer a barba, sentiu fome. A casa vazia excetuando a cozinha, onde Maria ultimava o almoço. Rupert quis saber qual o cardápio, era *Eisbein*, prato preferido de *Herr* Hans. Pediu um café.

Nessa hora, o pai e o irmão já se aprontavam para deixar o trabalho na fábrica. A manhã toda orientando, dirigindo, dando ordens ao capataz, incansável, o velho estava atento a tudo. Fritz, na gerência da fábrica, lidava com os livros, anotando entradas e saídas de mercadorias, somando e diminuindo, eternamente preso ao "deve e haver", a cabeça ardendo pendida sobre cifras e mais cifras. A irmã, quem sabe por onde andava, correndo pelas estradas, a guiar o velho carro da família. *Frau* Ana trancada em algum dos quartos da casa, pensando mais no Caçula, ou visitando amigos e parentes, devia estar tristemente calada, ouvindo a conversa dos outros, a remoer suas mágoas, a matutar sobre o que lhes sucedia.

Na fábrica, homens suados, atentos às enormes engrenagens que giram e giram, das quais sairão os tecidos. As mulheres em trabalhos mais leves e delicados, que exigem paciência, conversavam em surdina, enquanto suas mãos ágeis laboravam.

Quase ninguém pelas ruas, nesse horário. Na hora do almoço, o movimento aumentava, mas em algumas das fábricas os operários comiam ali mesmo, em modestas cantinas.

A cidade lembrava um único ser gigantesco, fantástico e inverossímil, bem azeitado e que rodava, rodava sem parar, indiferente, alheio a tudo, aos acontecimentos bons ou maus que ocorriam pelo mundo. O ser não esperava por ninguém, girava, girava, produzindo e expelindo mercadorias de seu bojo, mercadorias que trens, barcos, caminhões iam levar para os mais diferentes recantos do país e, bem logo ao exterior, divulgando o nome das firmas e da cidade.

Era uma sinfonia de trabalho, com raras vozes discordantes, como a de Rupert.

A um sinal de *Herr* Hans, um dos cérebros pensantes daquele monstro, homens que ali haviam deixado o melhor de suas vidas sumiam, substituídos por outros com maior vigor físico. O prazer do mando subira à cabeça do velho, que se julgava senhor absoluto de tudo, não aceitando qualquer discordância. Rei despótico, único senhor em seu reinado, ressurgiam dentro dele os antigos senhores feudais da Alemanha.

À noitinha, eram as bicicletas tomando as ruas, rumo às casas modestas. Em menos de cem anos tudo mudara, se Hermann Blumenau reaparecesse, nada reconheceria do que começara a implantar em 1850 e menos ainda Fritz Müller, que jamais sonhara com patrões e proletários e sim com uma colônia socialista, todos irmanados, dividindo o resultado do trabalho na terra.

16

Família – três

Um banho lava o corpo e a alma. Um banho morno, um bom banho morno. Nada de chuveiro. Deixar-se afundar na banheira cheia é o que prefere Rupert, a água subindo, subindo. Nirvana. Acabam-se os desejos, as angústias, as paixões e desgostos. Paz com todos. A mão, com o sabonete que sobe e desce pelo corpo, em mero gesto instintivo, automático. E de repente já não é mais seu corpo. Sonolência. Está balançando, boiando, leve, vai sendo carregado, para longe, afundar, deixar-se sumir, submergir na maré de gozo intenso. Porém reage. Pensa em Jandira. Deseja-a, mas de uma forma vaga, diluída, sem forças. Sensação idêntica à de quem está para adormecer. "Jandira, Jandira...", balbucia. Imagina como não deve ser seu corpo, seu amor de morena, os seios e pernas, seus beijos que tanto conhece sem contudo conhecer. Jandira que se dizia, com orgulho incontido, filha de índio, negro, alemão e português, uma "nova mistura". Mas Jandira, agora, não é bem Jandira: porém é aquela com quem passara a noite, inexplicavelmente sumido o nome, ainda a cunhada Catarina, cujos rompantes a todos desnorteavam. Estranho conjunto de mulheres, das mulheres que conhecera ou desejara. Jandira, que é também Matilde, que raras vezes é Ilze, que é Maria, a das difusas sensações infantis e é, por que não?, os carinhos da mãe, os quais quase não conheceu, ambos sempre arredios e tímidos.

Sai do banho, enxuga devagar, cariciosamente, o corpo todo. Na sala ouve a família que conversa enquanto almoçam. O pai fala alto, alguém retruca em voz calma, mas ele não consegue entender nada. Só o murmúrio das vozes que se cruzam, porque agora já todos discutem, falam a um só tempo. Vem um som confuso, de repente silêncio pleno, se ouve até o bater da colher no prato, mas já se põem todos a falar de novo. Ele nada consegue entender, a não ser palavras desirmanadas. E agora o som do rádio, que acabaram de ligar, encobre tudo. Rupert começa a fazer a barba, devagarzinho, com extremo cuidado. A voz do locutor fala do avanço das tropas alemãs e, misturada à voz do locutor, a do pai que grita de alegria. De roupão se dirige ao quarto, lá no extremo da casa. Entra, tranca a porta por dentro, não quer discussão hoje. Atira-se na cama. Não pensa. Esperará que todos saiam. Depois irá até a cozinha pedir que Maria lhe prepare um prato de comida. A tonteira talvez seja fome, um dia sem comer, mais de um dia. Pensamentos vão e vêm.

Apanha um livro que Günther lhe recomendara. Procura ler, mas seu pensamento permanece preso às pessoas da casa. Ele conhece de cor todos os movimentos dos seus: o pai irá descansar um pouco e depois retornará à fábrica, a mãe ficará rondando pela casa, qual alma penada, os irmãos sairão, Fritz talvez passe num bar antes de retomar a lida, Karla visitará uma das amigas. Hoje, Rupert teme que o pai chegue até seus "domínios". Raramente o faz. Os dois se respeitam, não cruzam o campo adversário.

Eis que passos se aproximam. Vêm cautelosos, mal pousando no chão, sente-os longe, talvez não venham para cá. Mas não há como confundir. Perto, mais perto, agora diante da porta. Pararam. Silêncio. Eram os chinelos da mãe, arrastados, vagarosos, tristes, em seu perene caminhar pela casa, indicando que o pai já havia ido descansar e os irmãos teriam saído.

Saberá a mãe que ele está ali? Talvez sim, se é que falou com Maria.

Dirige-se para a cozinha. Maria deve estar lavando a louça. A casa vazia. Atravessa-a, demora-se olhando os retratos dos antepassados que pendem das paredes.

Surpresa, Maria lhe prepara o prato, recriminando-o por não ter almoçado com os demais, não há meio de se acostumar com as loucuras daquele menino; ele senta-se à velha mesa da cozinha e come em rápidas mastigadas, enquanto a envelhecida Maria põe-se a trabalhar de novo, cantarolando.

"Boa Maria de minha infância, das sensações inexprimíveis, que me ajudou a crescer e, em parte, tem culpa pelo que hoje sou, como está acabada, uma índia velha."

Maria lhe sorri, como se ele houvesse falado alto ou ela lhe adivinhando o pensamento.

— Teu pai está fulo...

— Por quê?

— Ainda perguntas! Descarado.

— Se não sei...

— Fritz e Karla foi que acabaram ouvindo em teu lugar. *Frau* Ana saiu depois do almoço; foi na casa de *Frau* Eva.

— Sim.

— Estava tão triste...

— Quem?

— Não te queiras fazer de engraçado. *Frau* Ana. E não é sem motivo. Tanto sofrimento, tantas preocupações...

— Sim, e então foi na casa de *Frau* Eva fazer o quê? Contar as mágoas, choramingar?...

— Rupert, não fale neste tom de sua mãe! Você não tem coração, ela sofre tanto por vocês...

— Que tom? Fala, mulher.

— Falar desse jeito de sua mãe! É pecado.

— Que jeito?

— Que jeito? Isto não se faz. Queres fazer pouco de mim, tá muito bem, não ligo, não sou tua mãe, ainda que tenha criado tu e teus irmãos.

Rupert acabou de comer, pergunta se tem alguma sobremesa, Maria lhe traz uma fatia de *Strudel*, ele saboreia, dizendo:

— Está muito bom, como sempre. Muito obrigado por tudo. Vou ver se durmo um pouco mais.

— Dormir não basta. Tu precisas também de te cuidar.

17

Delírio

Herr Hans é um ser enorme, incomensurável, senhor do passado, presente e futuro, com a idade de todas as idades; Rupert, um verme pensante. Silêncio varado pela voz tonitruante que verga a centenária jabuticabeira, enquanto outra voz ciciante murmura um *Lied* que atrai aves em bando da redondeza. Uma arara e uma pombinha se destacam do grupo, logo são montadas pelo monstro e pelo verme, sobrevoam a mata e lá embaixo divisam uma piroga, que, manobrada por mãos invisíveis, cruza as águas calmas do rio. A mata tudo encobre e de raro em raro se enxergam crianças nuas brincando próximas da taba. O bando de pássaros se dispersa no momento em que a arara e a pomba pousam no alto da velha árvore, que retomou seu prumo. Uma voz monocórdia, calando a tonitruante e a ciciante, diz: "Foi isso que os pioneiros encontraram." Na mesma voz se ouve: "O que foi quê..." Grossas nuvens encobrem o sol e o nítido azul, trovões ribombam, relâmpagos se cruzam, as águas do rio se avolumam, uma barcaça desgovernada afunda, a cidade vai enfrentar mais uma de suas enchentes. Na sala da velha casa, *Herr* Hans, na cadeira predileta, e Rupert, estirado no sofá, mal se olham. Sofre por isto, martiriza-se, em sonhos, e procura fugir ao domínio paterno. Mas quem é ele? Nada consegue, se esfalfa inutilmente. O pai agora o leva a percorrer a cidade, senhor poderoso e bom que é, repentinamente metamorfoseado em pessoa amável, por trás do qual se esconde um ser feroz. Desejoso de mostrar sua importância, de persuadir o verme que lhe resiste. Tudo deles, mas ao filho rebelde não caberá nada, será amaldiçoado para todo o sempre. *Herr* Hans leva-o a visitar o túmulo dos antepassados, mostra-lhe a cidade em seus primórdios, onde nascera, os primeiros imigrantes e suas sepulturas, depois a primeira escola, com seu professor *Herr* Ostermann, logo falecido, e o seu substituto Von Gilsa, que em 1865 comandou como capitão o batalhão de voluntários que participou da Guerra do Paraguai. É tudo rápido e eles vêem os filhos dos imigrantes e os filhos dos filhos, ainda vivos, agora visitam o mausoléu do Dr. Blumenau, falecido em 1899, na Alemanha. O velho, veloz, não pára, ei-los sobrevoando o curso do rio Itajaí-Açu, desde as cabeceiras até a foz. O pai explica-lhe fatos, insistente em coisas que Rupert está cansado de saber, a mente não aceitando mais a argumentação paterna.

Rupert quer fugir do delírio, tenta acordar. Não consegue.

Eis que o pai de novo fala no tio-avô. Este, a um chamado, surge. Posta-se ali, ao lado deles. Em silêncio, fica olhando, as longas mãos rugosas estendidas, recostado num tronco de árvore decepado, uma flecha envenenada no peito.

Os dois estão na colina. O pai lhe aponta um dedo, o dedo vem vindo, vem vindo, ele vê todas as cicatrizes, marcas, o dedo lhe atravessa o cérebro, dali saem os antepassados, em algazarra.

São homens e mulheres, primitivas figuras, esculturas talhadas em mármore. Imobilizados, lembram os retratos da parede lá no casarão.

Pai e Rupert se aproximam. Não são vistos, por mais esforços que façam. Atravessam por entre os grupos como que por entre neblina, sem que dêem por eles. Mas podem até sentir o suor dos corpos, perceber as barbas hirsutas, os rostos vincados, as rugas, os cabelos trançados das mulheres.

Súbito, uma canção dolente se eleva, comove e atrai as pessoas. Vem de fora, do intangível, melhor ainda, de parte alguma e de toda parte, brota espontânea do ar e das pedras, das árvores e dos pássaros.

Ei-la a velha canção da infância:

> *Die güldne Sonne*
> *voll Freund und Wonne*
> *bring unsern Grenzen*
> *mit ihrem Glänzen...*

A música toma conta de Rupert e do pai, os dois cantam.

Os vultos vão se diluindo aos poucos, à medida que a canção se extingue, fica só uma vaga impressão, mas até esta se vai, tragada pelo nada donde surgiram. Rupert tenta retê-los, reter a música e os vultos, talvez eles possam lhe explicar...

Ele se vê envolvido por súbita maré de riso sem sentido. Também sem saber por quê, Rupert se vê rindo.

De repente, nada. A mente retorna ao escuro do sono simples. Tudo findou. Até que de novo acorde.

18

Muttie

Ao acordar, nada restou do sonho. Só uma sensação vaga de perda, ou melhor, de algo que deseja alcançar, mas que lhe foge. É como se estivesse a correr atrás de uma visão qualquer. Quando julga que vai tocá-la, esvai-se qual fumaça.

No mais, está bem. Nem febre, nem dor de cabeça, nem tontura, nada. Está em perfeito estado. Levanta-se, chega à janela, fica observando as pessoas que passam e a cidade perdida lá para diante, começando a se iluminar. Aspira a plenos pulmões o ar bom de começo de noite. Um ar macio, suave, caricioso, que lhe vem tocar as faces com ágeis dedos, delicados dedos femininos. Fica um bom tempo ali na janela, numa agradável paz de espírito e alma. Satisfeito. Nem sente o corpo. Nada lhe sobrou do sonho — e o sonho aliviou tudo, fez sumir o excesso de carga emotiva acumulada por dias de tensão.

Rupert olha o relógio.

Quase sete e meia. Ainda é cedo.

Que fazer?

"Agora vou ler um pouco", murmura de si para si. Retoma o romance *Canaã* e se interessa pelo debate travado naquele rincão do Espírito Santo entre dois imigrantes alemães que lhe parecem tão distantes e tão próximos, pois bem poderiam ser as acaloradas discussões entre Günther e *Herr* Hans, *Herr* Hans mantendo-se fiel ao que chama de "raça pura", tendo apoiado a escalada de Hitler, esperando encontrá-lo um dia em Blumenau; e Günther retrucando numa voz firme ser aquilo uma sandice. Concentra-se na leitura por um bom tempo, depois, com o livro na mão, começa a divagar. Faz força para voltar a ler. Agora sim, está preso ao que lê, o livro o interessa e devora as páginas daquela história de imigrantes; não analisa o enredo, vive-o. Não está mais ali, participa da trama que bem poderia se assemelhar à sua, é um dos personagens. De repente, vai além do enredo, fantasia, criando situações e acontecimentos que no livro não existiam. "Melhora" o que lê. E já se perde de novo, esquece o livro, fica no que o texto lhe sugere. Batidas leves na porta. Batidas medrosas, tímidas, com receio de incomodar. Batidas que já vêm se repetindo há algum tempo.

— Quem é?

Pergunta dispensável, pois pela batida já pode dizer quase com certeza "quem é".

— Sou eu.

— Pode entrar, Muttie.

A mãe entra, receosa.

— Maria não quis me dizer que tu estavas no quarto. Passei por aqui, e como vi luz, resolvi bater... Não sabia...

Ele sempre amou, um amor mesclado de pena, esta mãe, agora humilde, mas que fora uma jovem sensível, com vocação de pianista, descendente dos Schmidt, pioneiros chegados em

1829 a São Pedro de Alcântara, o primeiro núcleo de colonização alemã de Santa Catarina. Quase uma criança, casaram-na com aquele descendente de uma nobreza alemã decadente. Diante da prepotência de *Herr* Hans, *Frau* Ana esquecera seus sonhos e devaneios, transformando-se num animal acuado e ferido, perdidos os últimos resquícios de resistência com a morte do Caçula, tragado pelas águas do rio.

— Senta aqui, mãe, perto de mim, aqui na cama.

Constrangimento de ambos.

— Não, filho, não, estou bem, estou bem aqui, não quero incomodar.

Rupert pensa: "Que ar tão triste, de pessoa que está deslocada, não sabe tomar sua posição no mundo, neste mundo que não aceita os humildes, que os escorraça."

— Aqui é melhor pra senhora, olhe a corrente de ar, a senhora anda sempre adoentada.

— Não, Rupert, não vou demorar. E não está ventando.

No entanto já está sentada à beira da cama, pois não sabe contrariar ninguém, gostaria mesmo de ficar muito tempo bem perto do filho e poder mimá-lo, consolá-lo e consolar-se com ele. Mas não, precisa ser severa, veio para recriminá-lo.

— Rupert...

Falta-lhe coragem, a voz sai tremida. Cala-se. Silêncio longo e doloroso entre eles, cheio de subentendidos.

— Rupert!

Tenta de novo. Mas o silêncio avança, cresce para os dois, tenta sufocá-los.

Nenhum deles tem coragem ou sabe como rompê-lo.

— O que é? — diz ele, à custa de muito esforço. Procura dar um ar despreocupado à cena.

— Preciso muito falar contigo.

A mãe se esforça por dizer estas palavras com ar de zanga, mas fica com um ar cômico e infantil de criança amuada. Repete com mais coragem.

— Preciso!

— Então fale, Muttie — incentiva.

— Preciso — sem coragem para ir além. — Tu sabes...

As reticências. De novo o silêncio constrangido. A incapacidade de recriminar quem quer que seja. O desejo de defender e desculpar o marido, seu companheiro de tantos anos; vontade de proteger e auxiliar o filho, sangue de seu sangue. Sente-se fraca ao ter de pensar, forçar um pouco a cabeça para encontrar palavras e idéias fora do ramerrão de todo dia, formar frases e períodos, concatenar e deixar que as idéias saiam, jorrem de dentro dela em forma de conceitos, de opiniões mais ou menos próprias. Desacostumou-se disso. Só sabe singelamente viver. Deixa aos outros a tarefa de pensar a vida ou na vida. Ela a vive. E já é muito, acha.

— Fale, mãe, estou ouvindo.

Ele afeta um tom meio fútil, pois embora deseje, não consegue auxiliar a mãe. Quer deixá-la à vontade, mas não sabe como agir. Tanto tempo eles passam sem se comunicar, sem ter um contato mais íntimo. Ali estão, sentados na cama, muito rígidos, se observando. E no entanto quanto desejo de compreensão, de auxílio mútuo, em seus corações!

Ei-los ali abandonados, tão perto e tão longe, a menos de um passo de distância, suas mãos quase se tocando, é como se estivessem afastados por milhares de milhas de...

É preciso sair de tal situação. O tempo parece que parou em redor deles, os minutos se arrastam, intermináveis, eternos.

Rupert se esforça. Sente um carinho dorido, desejo de entendimento com a mãe. Vontade de abraçá-la, confortá-la, não deixar que ela sofra. Tem pena da vida que a mãe leva. Desejaria lhe fazer agrados, afagá-la, tomá-la nos braços e deixar que ela ficasse ali aninhada muito mansamente, lhe confiasse seus segredos mais íntimos. Ou então ser pequeno, doente, para que ela o protegesse e cuidasse, como fizera num tempo não tão distante.

Rupert sente-se constrangido, nunca foi dado a tais demonstrações, isso o inibe de se manifestar, talvez em parte culpa da mãe, que desde pequeno parecera deixá-lo de lado, com medo de que o marido a recriminasse por lhe estar "estragando os filhos com essas porcarias de agrados que são coisas para mulher".

Deixa-se ficar afastado da mãe, mais uma vez como tantas outras no passado, guardando o gesto de carinho irrealizado, que nem deu nem recebeu.

Veio para falar, recriminar acremente o filho rebelde que traz a família em contínuos sobressaltos. *Frau* Ana não encontra palavras, gagueja, trêmula, não sabe por onde começar nem o que dizer. Enquanto isto o tempo vai passando, monótono, contínuo. Os dois ali. Sofrendo. *Frau* Ana sofre por ela, pelo filho, pelo marido e também por Fritz e Karla, embora com eles fique mais à vontade.

— Mãe.

— Hum!...

— Fale!

— Falar, eu... falar...

— Sim, fale, a senhora veio falar, diga o que veio dizer, é melhor.

— Eu, pois é, filho, tens razão, vês, teu pai trabalhou e trabalha tanto, não digo que ele não seja ranzinza, mas anda nervoso e cansado, deves procurar compreender ele.

— Eu faço força, mãe, procuro.

— Não basta. Com um pai não basta fazer força, procurar. Não esqueças: um pai é um pai. Tem certos direitos sobre os filhos, entendes, assim como os filhos têm certos deveres, um pai pode dizer certas coisas, tratá-los com rispidez. Os filhos é que não podem fazer o mesmo para os pais. Onde iria a gente parar? Não basta fazer força, não deves te esquecer do que estou dizendo, isto servirá pra ti pro futuro. Um pai é sempre um pai. Tens o dever, escuta bem, o dever, a obrigação de respeitar e compreender...

Frau Ana pára e respira fundo, esgotada, cansada, nunca se imaginara capaz de fazer um discurso tamanho. Fica olhando o filho.

— Sim, mãe, sei. Mas e eu? Não tenho também o direito de ser respeitado e compreendido? Tratado como um homem, como alguém que tem idéias próprias e que podem estar certas, mais certas do que as de todos, até mesmo as do pai? A senhora não acha que o pai também deve respeitar o filho pra ser respeitado?

— Pode ser que tenhas razão, filho. Mas estas discussões, veja, não resolvem nada, ficamos a fazer discursos, tudo isto é muito bonito, mas me parece um tanto falso, não sei, não sei nada, talvez tenhas a tua razão, me perco e não sei falar, penso o que dizer, quando vou dizer, as palavras não vêm, será que mesmo assim não podes entender o que quero dizer? Mas vê, teu pai acha que tem razão, só ele tem razão. E quem vai discutir com ele? Pra quê?

— Pois aí é que está a raiz de todo mal. Desde cedo ele começou a gritar e logo principiou a não ouvir. Viciou-se.

— E se assim for? Ele lutou para ter o que temos, ajudou a construir tudo isto que vês, agora deixa tudo para vocês. Está velho, seus nervos não estão bons, qualquer dia se vai. É preciso ter paciência. Se Hans trabalha ainda não é para mim nem para ele. Com a graça de Deus temos com que viver e morrer. Hans trabalha pra ti e teus irmãos. Pra que vocês tenham alguma coisa e porque se acostumou desde pequeno ao trabalho, o trabalho pra ele é um vício, como o cachimbo, não pode deixar.

— Mas mãe, não, não é este o ponto, a senhora não está podendo ou não quer compreender...

— É isto, agora chamas tua mãe de ignorante, não é preciso que me digas, sei que não sei nada, mas sempre respeitei meus pais e os mais velhos.

— Não é isto. Escute e faça uma forcinha para me entender: sei, reconheço, nunca deixei de reconhecer o que meu pai fez e está fazendo, o que o pai dele, meu avô e meu tio-avô fizeram, o que fizeram e quanto fizeram. Nunca pretendi negar tal fato. Vê a senhora: o que eu quero é poder fazer minha própria vida. Amanhã, se venço, é porque tinha meus antepassados por trás de mim. Se não venço, saltam a me dizer que sou mesmo um grande poltrão, já sabiam, nem com todo poder dos Von Hartroieg conseguiria fazer alguma coisa.

— Não sei, Rupert, francamente não consigo entender o que pretendes. Me deixas tonta.

Calado, Rupert remoía seus pensamentos: como se afirmar sem magoar a mãe?

Diante do silêncio do filho, *Frau* Ana diz:

— Filho, não te esqueças, nós somos de família ilustre, não simples pobretões, temos de zelar por um nome que vem de séculos.

— Quem fala por sua boca, minha mãe, não é a senhora, é meu pai. A senhora precisa ser o que imaginou que seria quando moça, seguir sua vocação, não se deixar levar.

— Como não pode ser? Então tu duvidas de mim, de minha palavra, da palavra de tua mãe e de teu pai?

— Não duvido.

Frau Ana, num desabafo incontrolável e do qual não se julgaria capaz, começa:

— Achas que as histórias estão todas erradas? Meus avós vieram primeiro para São Pedro de Alcântara, a fim de colonizar, povoar este país de índios e negros, trazendo a nossa civilização, a maior da Europa.

— Sei, sei, estou cansado de saber.

— Cada vez te entendo menos, meu filho, o que queres tu afinal?

— Eu... Nada. Só isto. Tão pouco... Ou tudo. Conforme. Que me deixem em paz. Entendeu a senhora? Não quero ser igual ao Fritz, que pensa com a cabeça do pai. Quero pensar mesmo errado, mas pela minha.

— Rupert, mais respeito, não fales assim do teu irmão mais velho!

— Falo, e a senhora sabe que tenho razão. Nem quero ser igual a Karla, que às vezes se revolta, depois se entrega de novo.

— Rupert, não admito que fales assim de teus irmãos. Não quero. Cala-te. Basta o Caçula que perdemos nas águas e nem o corpo foi recuperado...

A voz da mãe treme, se perde num soluço fundo, há muito contido. Lágrimas vêm-lhe aos olhos. Rupert se odeia pelo que fez. Foi sem querer. A mãe sai correndo. Irá se refugiar em seu quarto, pobre ser fraco e despersonalizado; no quarto, derramará em lágrimas todo o seu desgosto. Depois ficará escavando no cérebro, a ver se não disse algo ofensivo ao filho, se não terá sido demasiado brusca com ele.

Em seu quarto, Rupert se recrimina pelo destempero e por não ter dito o essencial: que estava se armando de coragem para ir embora.

19

Fritz

Fritz anda tonto, de um lado para outro, em seu escritório, sem conseguir se concentrar. Hoje tudo lhe sai às avessas. Primeiro, o que teve de escutar do pai, pelo dia afora, por causa do maluco do Rupert. Como se ele fosse responsável pelos atos do irmão. Já não lhe bastavam os dele? Ainda para atrapalhar, complicações na fábrica. Os operários inquietos, ameaçando greve. Por último, nova briga com a mulher. Mais uma vez ela passara a noite fora de casa, sem que ele, que a procurara como louco, repetindo o papel de sempre, conseguisse descobrir onde Catarina poderia estar. No almoço, lá estavam todos, o pai numa cabeceira, a mãe na outra, Karla ao lado dele e Catarina no lugar de Rupert, como se nada de mais tivesse acontecido. Fritz não lhe dirigia uma única palavra. Ela ficou olhando-o bem nos olhos, descaradamente. Houve um instante em que Fritz julgou não resistir. Saltaria da cadeira e iria esmurrar a mulher. Atento e com estranha tranqüilidade, o pai lhe perguntou o que inquietava os operários. Karla, que tudo observava, aproveitou para fazer uma pergunta à mãe sobre um nada qualquer. Até o final do almoço Fritz não olhou mais para o lado da esposa. Agora fica a pensar na coragem dela. Depois de toda a discussão que tinham tido pela manhã, ainda se apresentar à mesa, como se nada tivesse ocorrido. Quando de manhã se pusera a interrogá-la, a cena fora terrível, e debaixo de gritos ele se calou, ela gritando-lhe "Diz pro teu pai me mandar de volta para a Alemanha", embora Fritz tivesse certeza de que ela não voltaria. A mulher terminara por lhe dizer que ele, o marido, nada tinha a ver com a vida que ela levava, pois não se tinham escolhido, obedientes à imposição das famílias.

Era sempre assim. Por que não a mandava embora? Ela gritava que mandasse. Estava cansada da cara dele. Que se olhasse ao espelho. Veria como ficava com aqueles enfeites.

Umas raras vezes Catarina tinha partido, mas sempre voltava. Apoiando-se em qualquer frágil justificativa, Fritz aceitava-a de volta. Ele prometia a si mesmo tomar-se de brios, reagir, não tornar a cair na mesma esparrela.

Fritz não consegue escapar do inferno de vida que vem levando. Não culpa ninguém. Seu sonho não era lavrar a terra? E não acabara se submetendo aos caprichos do pai e se enfurnando naquele nojento escritório da fábrica? Como pode ser tão submisso? Onde andará a namoradinha de infância, que não era do agrado do pai, apenas uma caboclinha indigna dos Von Hartroieg?

A cena se congela diante de seus olhos: ele se preparando para sair e a mulher chegando da rua, olhos machucados de sono, estirando-se na cama para dormir. Finge nem o ver. Ele vai saindo, mas volta, o sangue lhe fervendo nas veias. Catarina já se despira, deixando cair as roupas uma a uma pelo chão, molemente. Estirada na cama, se espreguiçando, lasciva. Ao ver que o marido fixava-a, mirou-o, melhor, atravessou-o com os olhos, depois cerrou as pálpebras mansamente. O ambiente completava o quadro sensual: as cortinas claras, a cama enorme de casal com as cobertas desarrumadas, convidativa. Fritz abarcou tudo com um olhar de desespero e desejo, atento às formas da mulher, que continuava nua em cima das cobertas. Ficou ali parado, incapaz de uma palavra, a observá-la, fremente de desejo por aquele corpo ali largado — que ele conhecia menos do que os outros. Na verdade, já a teria ele possuído algum dia? Tristemente, devia reconhecer que não. Dormira e dormia com ela — o que é coisa bem diferente.

Fritz afunda-se no trabalho. Revisa a remessa de tecidos para compradores em várias regiões: um fardo para Peres & Peres Ltda., expedido via Lages; vinte fardos consignados a Feres & Irmãos, Santos; dez fardos para João Neves, em Florianópolis... E assim vai. Depois confere notas de embarque, faz anotações, telefona, pede informações. Empregados entram e saem. Ele os atende, com a presteza habitual, recebe encomendas e despacha viajantes.

"Eis aqui os quinze fardos recusados e remetidos de volta por Manoel Pinto da Silva, que estopada, vai ser preciso falar com o pai pra resolver o que se faz neste caso. Já é a segunda recusa que recebo hoje. Mau... Mau..."

As listas, as notas, as faturas por conferir formam pilhas ao lado dele. Pensa na falta que lhe está fazendo uma secretária. O pai quer Karla. Mas ela é da casa, acaba vindo um dia e faltando dez. Ele precisa alguém de fora, confiável e eficiente. O pai já está velho, vai perdendo a resistência. Mesmo que não queira confessar e sempre insista que anda mais forte agora.

Depois de todo este serviço há ainda os livros, toda a complexa contabilidade, fazer tudo certo, um descuido e pode ser apanhado pelo fisco, amanhã pode aparecer um fiscal.

Encontra-se tão enfronhado nos números que as pancadas se repetem na porta, cada vez mais fortes e insistentes, sem que ele as note. Só então, quando também a voz o chama, aí larga a caneta, ergue a cabeça, ainda não de todo voltado à realidade, terminando mentalmente uma soma. Novas batidas. Então pergunta:

— Quem é?

Mas "quem é" já havia entrado. Cansada de esperar.

20

Karla

Entrou pisando firme, de blusa branca enfeitada de flores, transparente, que lhe destacava os seios volumosos. A saia era justa, quase lhe tolhendo os passos. O rosto enérgico, viril, um leve buço, cabelo curto, gestos largos, francos, sem a leveza própria do sexo frágil, o que fazia com que corressem várias histórias dela com outras moças. Karla gostava de ser personagem de tais lendas, não as negava nem confirmava, deixando que um sorriso irônico fizesse a dúvida pairar no pensamento de todos.

Voluntariosa, ousada, só diante de uma única pessoa era tímida, o pai, um dos poucos que ela realmente respeitava, temendo e admirando ao mesmo tempo. Divergia num ponto dos irmãos, enquanto Rupert sonhava somente com rebeldias, sem coragem de as realizar, e Fritz temia até sonhar, não viesse o pai descobrir, Karla agia, era a única que, em raras ocasiões, tinha coragem de enfrentá-lo. Seu ideal era o pai. Se fosse homem, faria tudo para imitá-lo. Se um dia resolvesse casar, escolheria alguém como ele.

— Onde está o pai?

— Não sei, hoje só apareceu de manhã. Vens me ajudar? Bem-vinda! Mas já estamos quase fechando.

— Não sejas bobo. Não vim trabalhar, nem venho. Será que o pai não vem?

— Acho que não. Por quê?

— Deve ter se incomodado.

— É, não sei mais o que quer o Rupert. Tu viste o que ele fez ontem no jantar, com o pai?

— Que é que há? Fritz, às vezes também é preciso fazer alguma coisa.

— Sim, e de que adianta isso?

— Francamente, também não sei. Mas não vim aqui para discutir nosso precioso irmão. Aonde terá ido o Papi, será que eu o encontro no consultório do médico?

— Não sei, aqui ele não esteve. Só se ficou lá fora nas oficinas, com o Mateus, preocupado com essa tentativa de greve.

— Especialmente tu, não é? Além do Rupert e da greve, tua mulher. Por falar nisto, como vai ela?

Fritz sente a ironia e a maldade das palavras da irmã. Desejos de retrucar, de lhe gritar que cuide de sua vida. Um medo instintivo da língua ferina de Karla impede-o de responder. Finge nada ter percebido. E retruca:

— Não sei, não a vi hoje.

— Não! Estranho. Me parece que quando saíste de casa ela já havia chegado e que vocês discutiram.

— Pois podes ficar certa de que estás enganada. Deves ter sonhado.

— Talvez... Então por que saíste batendo a porta, todo vermelho? Mas não faz mal. Então quer dizer não sabes se o pai vem hoje?

— É bom mesmo que ele não apareça hoje, porque senão atrapalha a tentativa de matar a greve.

— Vocês matam a greve e a fome mata os operários...

— Cala a boca, não diz besteira.

— Isto, grita!

Fritz, esvaída a raiva, envergonhado se cala.

— Que queres agora? — pergunta muito baixo à irmã, numa voz quase inaudível.

— Por que não experimenta um dia enfrentar *Herr* Hans pra valer? — ela teima, cruel.

— Que posso fazer, Karla? — retruca num desalento total.

— Que podes fazer!... Reage, grita também. O mundo é de quem reage e grita mais. Senão é esmagado. Vê aqui. Quando foi que vocês ligaram para os operários? Davam-lhes salários com os quais eles não podiam nem morrer, quanto mais viver. E achavam que era uma espécie de favor. Sem o trabalho deles, como se faria para mover as máquinas e acumular riquezas? Agora que eles estão tomando consciência e lutando por seus direitos, vocês estão sendo forçados a ver que os tempos são outros.

— Estás virando comunista ou socialista? Quem te mete essas idéias na cachola? Será aquele turco enxerido? Ou o Hermann? Vai ver é o Günther.

— Ninguém me faz a cabeça, eu vejo, eu penso.

— Bonitas palavras — Fritz ironiza.

— Eu ouço a voz das ruas, pois sabes bem que sou uma rueira de mão cheia.

Sem esperar que ele retome o diálogo, Karla explode:

— Talvez seja como diz o Rupert. Somos a decadência da família. O que deixa o pai mais zangado e triste, ver que ninguém o substituirá à altura. Falamos, falamos, mas não fazemos nada. Murmuram que eu não presto pra nada, embora em outras ocasiões digam que sou convencida. Pouco me importa, sou o que sou. Tu és o que se vê, e basta. Rupert, um rebelde sonhador, em nada melhor do que nós. Mamãe até hoje chorando a morte do Caçula. Acho até que meu pai tem razão: eles fizeram e nós começamos a desfazer, para que nossos filhos — se os tivermos, o que duvido — acabem ou comecem novamente do ponto zero. Enquanto isso, indiferente aos nossos problemas, a cidade que se foi construindo continuará crescendo. Nossos antepassados foram homens e mulheres de rija têmpera.

— Karla, agora já não sei se és comunista, socialista, anarquista, filósofa, socióloga. Me diz, de onde te saiu tudo isto?

— Estás abismado com minha sabença? Leitura, leitura. Tu és o único que trabalha. De que adianta? Trabalhas sem gosto, como um desses novos motores que foram comprados para mover os teares grandes.

— Bonito, muito obrigado pela bondade.

— Não é bondade, nem maldade. Não tens do que te zangar.

Num gesto brusco, da mesma forma como entrara, sem esperar por um "entre", Karla, também sem se despedir, sai batendo a porta com força.

21

Dupla

Faz uma tarde triste, opaca. A chuva, que tombara de manhãzinha, promete voltar. Um ar pesado em tudo. As ruas quase vazias. Karla segue, sem saber muito bem para onde. Sente frio, com a blusa fininha. Arrepende-se de não ter trazido um agasalho. Em lugar de lhe dar alívio, a conversa com o irmão deixou-a pior, numa enorme tensão nervosa. Ia ter com o pai, ver se conseguia... Conseguia o quê? Talvez dinheiro; mas qual a desculpa? Isso veria mais tarde; como o pai não estava, nada fez. Pelo restinho da tarde vai andar a esmo, tentar espairecer.

Ah, se encontrasse alguém com quem conversar coisas leves, mexericos, falar mal da vida alheia... Esquecer.

Seis horas; começa a garoar. Lá estão aqueles horríveis amigos de Rupert. O que o leva a freqüentar esses rapazes desocupados, que vivem pelos cafés e bares, nada fazendo de útil? Que ódio é esse de Rupert por sua gente? Ódio que mais parece contra si próprio. Karla às vezes sente o mesmo, mas trata de recalcar, ou então desabafa como acabou de fazer com Fritz.

Aliviada, volta a ser a moça estouvada que todos conhecem. Começa a chover, o abrigo mais próximo é a Polar. Desafiadora, entra, senta-se, pede um conhaque e um *Leberwurst*. Ao primeiro gole recua no tempo.

1938. Três alemães acabam de chegar de Berlim, apresentando-se como turistas, trazendo as últimas novidades da pátria distante e descrevendo o vertiginoso progresso após a ascensão de Hitler. Tinham alguma dificuldade em se entender com os da terra, embora falassem o mesmo idioma, pois aqui perduravam formas e expressões do século XIX, ao lado de neologismos de origem portuguesa. De qualquer modo o que diziam era claro, reforçavam a noção de lealdade à pátria-mãe, ciosa de seus filhos, onde quer que tivessem vindo à luz, numa subserviência que irritava os que, independente da origem, se consideravam brasileiros. Os visitantes curiosos percorreram toda a região, muito interessados no teatro e no hospital de Hamonia. *Herr* Hans, entusiasmado, vaidoso com o presente de um exemplar do *Mein Kampf*, recebeu-os em sua casa e apresentou-os a líderes integralistas, embora percebesse que, à exceção de Fritz, o resto da família sentia desconforto, quase repulsa, especialmente Rupert. Enquanto Hans, nascido no Brasil, se tornava um chefete nazista, externando rancor contra os judeus e toda e qualquer raça impura, Günther, nascido em Lübeck, soldado da guerra de 1914, chegado ao Brasil nos anos 1920, antinazista, tentava demover os indecisos e previa dias trágicos logo à frente. Rupert cada vez se ligava mais a ele e a Ilze, essa que lhe causava visível ciúme.

— Karla!

Engolfada em seus pensamentos, não viu, nem ouviu.

— Acorda, mulher de Deus! — diz Jandira, ao mesmo tempo que puxa uma cadeira e senta.

— Como vais, Jandira?

— Vou bem como vês, e tu?

— Assim-assim...

— Mas Karla, minha querida, há quanto tempo, por onde tens andado que ninguém te enxerga mais?

— Por aí. E tu?

— Continuo com o conjunto formado por meu pai, temos nos apresentado em outras cidades. Estive em Florianópolis, numa festa do Lira Tênis Clube, e faz pouco em Biguaçu, onde por sinal o turco perguntou por ti.

— Voltaste, então, a encontrar aquele turco bisbilhoteiro, amigo do Paul, que não se cansa de fazer perguntas?

— Encontrei. O que há de mais nisso? Que má vontade com o pobre rapaz.

— Bem, mudemos de assunto. Continuas sendo a vocalista do quarteto de cordas?

— Estás brincando, Karla! Além de mestre no violão, vocalista pra valer é meu pai, o Domingos Baiano, eu, de vez em quando, faço um dueto com ele, com esta vozinha miúda. Tu é que tens uma voz muito boa e meu pai já insistiu para que participes do nosso conjunto.

— Teu pai, Jandira, como bom baiano, gosta de brincar. Minha voz é de "taquara rachada", pode ser que em criança e mais moça até eu levasse jeito, mas agora...

— Que que é isso, queres dizer que estás ficando velha?

— E não estou? Ou devo dizer, não estamos? Acredita, estamos envelhecendo rápido. Vês como agora um ano nem começou e já acaba? De primeiro, quando eu era menorzinha, me lembro muito bem, um ano custava quase um século a passar, e parece que os anos eram maiores, nós menores, eu queria que sumissem logo pra eu ter maioridade e fazer o que me desse na cachola, ir aos bailes, dançar bem agarradinha aos homens, ir ao cinema com namorados, ficar na rua até bem tarde. Que vontade mais besta, não achas? Hoje fico aqui sentada olhando a chuva que não passa e tomando esta porcaria de conhaque. Me acompanhas?

— Karla, sabes que não sou de conhaque, mas uma cervejinha vai bem.

— Quais são as novidades? Nenhuma? Se não tens o que contar, eu tenho.

— Então conta.

— Perdi a vontade de desabafar.

— Francamente, não entendo o que ocorre com vocês alemães, será porque o Hitler não veio a Blumenau? Falar no teatro e ser examinado no hospital!

— Primeiro, sabes que nunca tive simpatia por Hitler e pelo nazismo. Segundo, sou tão brasileira quanto tu. Meu pai é brasileiro, minha mãe também... Já que estamos falando nisso, tua mãe é tão alemã quanto meus pais.

— Eu sei, eu sei, não disse nada pensando em te ofender. Mas é que vocês...

— Vocês o quê, é claro que se eu fosse alemã não me ofenderia. Teria mesmo muito orgulho, é um povo digno, agora não sendo, descendendo só...

— Está bem. O que eu quis dizer é que muitos de vocês continuam se considerando "alemães" até a última das últimas gerações. Se a gente diz brasileiro, se zangam, e se dizem filhos de alemães. Se a gente diz alemães vocês gritam minha mãe nasceu aqui e meu pai também. Não é preciso nascer num país para ser filho dele. Eu acho que poderia nascer em qualquer canto do globo, mas desde que ouvisse falar no Brasil e para aqui aportasse, me sentiria brasileira logo, bem logo. Entendes. Sei que me entendes, pois tu sentes isto e tens em tua casa um exemplo bem visível.

— Bela lição de brasilidade, desnecessária pra mim! Bem sabes que desde o primeiro momento, não apenas o Rupert, conforme insinuas, mas também eu não nutrimos simpatia pelo homenzinho de bigode ridículo, nem pelo nazismo.

— Também eu não. Meu Deus, será que foi pra isto que nos encontramos, me desculpa, sim.

Karla não tem como continuar. Calam-se. Metidas em seus pensamentos. Longe.

A chuva, que fora precedida de um calor insuportável, aumenta, também o movimento na Polar. A conversa entre elas não engrenou, mas não podem sair.

— Vou ter que enfrentar essa chuvarada — diz Karla.

— Com esta blusa fininha, acabas apanhando uma gripe. Espera um pouco, não demora meu pai passa aqui de carro, a gente te dá uma carona até tua casa. Vamos ensaiar novas músicas, sabes de quem? Do Dorival Caimmy e uma do Domingos Baiano. Ouve só este trechinho da música de meu pai: "As águas do rio refluem lentamente/ devolvendo-me o inesquecível instante:/ Flor entre flores estás imersa na varanda/ sonhando alguém que te revele a vida."

Karla brinca, "entendi, baiano prefere baiano", e aceita; será mais meia hora de espera. Chama o garçom, pede outro conhaque, Jandira, que continua na cerveja, retruca:

— Noel Rosa e Pixinguinha não me parecem baianos, meu pai já é mais catarinense do que baiano.

Na rua o movimento, que fora intenso com a saída dos operários das fábricas, começa a rarear, as luzes se acendem e agora a chuva vem acompanhada de um vento que pode se transformar em temporal.

22

Ilze

Rio de Janeiro, 10 de dezembro de 1945.

Vater,

O senhor deve ter recebido as poucas linhas que deixei. Peço que me perdoe, eu sufocava, não tinha como continuar na cidade, impossível me decidir entre Hermann e Rupert. Não pense que fugi com o Ed, o fotógrafo, ou que esteja vivendo com ele. Papai, nós sempre tivemos um relacionamento franco, devo o que sou às suas lições e à governanta, a amorosa Gertrud. O que sei, repito, devo a ambos. Com isso quero dizer que se o Ed quisesse eu teria ido para a cama com ele, não foi o que ocorreu. O senhor conheceu-o quando ele e o João estiveram em Blumenau, e o Ed foi muitas vezes ao seu laboratório. Ambos me serviram de companhia, no Rio me conseguiram uma pensão familiar, cuja dona se parece com a Gertrud, a quem peço que o senhor fale de minha saudade e diga do muito que também devo a ela. Por enquanto, estou conhecendo este Rio de que tanto ouvia falar, que fervilha com a campanha dos dois principais candidatos à Presidência: o brigadeiro Eduardo Gomes, da UDN; e o marechal Eurico Gaspar Dutra, do PSD, apoiado pelo PTB getulista. O João e o Ed me indicam lugares aonde posso ir com tranqüilidade e estão tentando me conseguir um lugar de estagiária na revista *O Cruzeiro*, já estive na redação justamente no dia em que por lá andou o dono, o Assis Chateaubriand. O João, não sei bem se é noivo ou casado, mas só fala na mulher; e o Ed tem um caso com uma jornalista que trabalha em *O Jornal*. Eu poderia, se quisesse, já estar trabalhando como secretária, mas aconselhada pelos dois, como domino o alemão, o português, o francês e o espanhol, é preferível que espere um pouco e comece como revisora, pois lá podem aumentar minhas chances e eu terminar, quem sabe, como jornalista da qual meu pai não se envergonhará. A redação da revista é um mundo, com uma barulheira danada das máquinas de escrever e das vozes dos jornalistas berrando atrás de uma informação. A "Gertrud" da pensão familiar foi com a minha cara e me trata como se fosse uma neta, me orienta, diz que devo me cuidar, também me indica lugares aonde posso e não posso ir. Claro que sinto saudades e um tantinho de remorso, mas, creia, eu não tinha alternativa e nem imagino quanto tempo decorrerá até que me disponha a voltar a Blumenau. As minhas despesas são reduzidíssimas e mesmo sem emprego, com o que tenho, posso me agüentar por uns dois anos, embora lhe garanta que bem antes disso estarei empregada. Por ora é isto.

Carinhoso beijo, e outro para Gertrud e o Pixote, da *Tochter* que o ama

Ilze.

É com profunda emoção que Günther lê e relê a carta da filha. No primeiro momento, ao encontrar o bilhete, se desesperou, logo depois, analisando friamente a trajetória de Ilze, viu que ela fizera a sua opção e o que ele podia fazer era respeitá-la e torcer para que tudo desse certo. Sentado em seu laboratório fotográfico, com numerosas fotos de Ilze desde criança até seus 21 anos, ele procura recompor a sua vida com a filha, de quem ele fora ao mesmo tempo pai e mãe. Com esforço, Günther tenta imaginar a filha tal ela era percebida por outras pessoas, Karla por exemplo, que nas conversas que tivera lhe revelava uma Ilze que era e não era a dele, naquela desconcertante Blumenau que ele adotara como sua, muito embora as desavenças, principalmente no período da ascensão de Hitler ao poder, em 1933, até a derrocada do nazismo, em 1945. Lembrava-se das discussões com *Herr* Hans e do grupo que apoiava Hitler. A carta de Ilze lhe trazia à memória o tempo em que Getúlio e a maioria de seus ministros pareciam tender para o apoio ao Eixo e o ódio que os alemães passaram a nutrir por Gegê, quando ele se juntou aos aliados e mandou a Força Expedicionária para lutar na Itália. Günther quer afastar tais pensamentos, quer se centrar de novo na filha, se esforça: Ilze vai andando, passinhos rápidos, miúdos. É uma figura pequena, magrinha, de cabelos longos e lisos, em tranças agora, amarrados por duas fitas, olhos muito azuis, nariz arrebitado, rostinho pedindo apoio e carinho. Fixa as pessoas de frente, com um olhar muito límpido e inocente. Aquela figurinha de aparência frágil esconde uma lutadora. Günther intui que Karla sente inveja de Ilze. Certa vez perguntou a Jandira o que ela pensava de sua filha, e surpreendeu-se com a resposta: ela puxou ao pai, se sairá bem no que quer que faça.

Rio de janeiro, 10 de setembro de 1946.

Querido Papai,

Me apresso em dar uma boa-nova: afinal estou trabalhando na revista como revisora, é uma espécie de estágio e, depois de algum tempo, se for aprovada, assinarei contrato. Nos primeiros dias trabalhei ao lado de Dulce, uma veterana revisora, e a primeira coisa que ela me disse: "Por que tu vens para esse trabalho chato, eu só agüento por causa do dinheiro, preciso dele." Respondi que por enquanto eu estava gostando. Já conheço algumas pessoas e outro dia entrou na redação um jovem bem falante, Dulce me cutucou e disse: "É o Joel Silveira, um dos nossos melhores jornalistas, que foi correspondente de guerra e acompanhou os nossos pracinhas pelos campos da Itália." Já conheço um pouco do Rio, que cada vez me fascina mais, continuo achando o bonde melhor do que o ônibus ou automóvel. Fui até o alto de Santa Teresa, tenho ido ao Flamengo e fui até Copacabana. Havia comprado um maiô, mas fiquei com medo do mar, que me intimida, nem tirei o vestido, só molhei os pés, fiquei olhando as pessoas dentro da água, comprei um sorvete e, de repente, vejo passar perto de mim um vulto alto e magro, devia ser, era sem dúvida o Carlos Drummond de Andrade, de quem emprestado pela Dulce eu lera *Sentimento do mundo* e depois *A rosa do povo*, quase gritei (cadê coragem?): "E agora, José? Blumenau nem é um retrato na parede." Fiquei conhecendo uma jornalista e poetisa chamada Maura, de Florianópolis, que trabalha na *Gazeta de Notícias*. Já fui duas ou três vezes ao cinema com ela, vi *O grande ditador*, do Chaplin, e também ao teatro, para assistir à peça *Deus lhe pague*, do Joracy Camargo, o Procópio Ferreira está ótimo e por fim fui à Lapa, para um show com o cantor Sílvio Caldas. A Maura faz também questão de me levar ao Vermelhinho, reduto de escritores e jornalistas. Como sempre, algumas pessoas vêm abraçar a Maura ou abanam para ela, um dia desses disse: "Olha, naquela mesa do canto estão Santa Rosa, pintor, capista, mulherengo, e o Marques Rebelo, a língua mais viperina do Rio de Janeiro." Do Santa Rosa, me lembrava pela capa do livro do Drummond, do Rebelo eu tinha lido o romance *Marafa*, que se passa quase todo na Lapa e estava começando a ler *A estrela sobe*. Tive a sorte de ir com o João à Câmara Federal justamente no dia em que Jorge Amado se pronunciava contra os que já pensavam em fechar o Partido Comunista e por conseqüência extinguir o mandato deles. Do Jorge Amado, eu tinha lido *Jubiabá*, que me agradou muito, pois é um retrato do povo pobre da Bahia, narrado com muita força através do negro Balduíno. Como o senhor vê, cada vez me integro mais na vida do Rio. Leio muito, e não fiquei só nos livros em alemão da sua biblioteca. Para dizer que não li nada de literatura alemã, reli em português *O lobo da estepe*, de Hermann Hesse. O original me pareceu melhor que a tradução. Continuo me dando muito bem com madame Mercedes, a dona da pensão, uma espanhola viúva, ao saber que falo espanhol, agora é nesse idioma que nos comunicamos; ela me passou para um quarto melhor, com banheiro privativo, sem aumentar o aluguel, cada vez mais se parece com a nossa Gertrud e continua me tratando como se fosse sua neta. Já desabafei sem ao menos perguntar pelo senhor, muita fotografia nova da cidade? E a Gertrud? E a minha turma: a Karla, a Jandira, o Hermann, o Paul e o Rupert? Não posso negar que sinto saudades das nossas conversas e de seu carinho, porém continuo achando que tomei a decisão mais acertada, só espero que resolva aparecer por aqui qualquer dia.

Um beijo saudoso da

Ilze.

Ao terminar a carta, as recordações tomam conta de Ilze, tão vívidas que quase chama o Pixote, para ver se ele estava melhor. Relembrou um diálogo que tivera com Jandira:

— Ele passou dias sem brincar nem comer; arisco, mal entrava em casa; não sei o que teria acontecido se não fosse o Hermann, que levou ele pro veterinário; dei as gotas e agora já está bom. Queria sair comigo, reclamou, me lambeu na perna como quem diz: "Ou vou também ou tu ficas." Não achas que os animais entendem a gente? Ainda não agradeci ao Hermann. Eu...

— Ele ainda gosta de ti? O Hermann, não o Pixote.

— Somos amigos, sim.

— Não é dessa amizade que falo, tu me entendes. Desde pequeno que ele gosta de ti e tu mais do Rupert. Não achas que serias mais feliz com o Hermann? A gente nunca sabe o que esperar do Rupert.

— Gosto do Rupert, assim como do Hermann, somos bons amigos.

Ilze acrescentou um P.S. na carta: "Por favor me mande fotos recentes do Pixote."

Rio de Janeiro, 15 de novembro de 1946.

Papai,

Hoje é feriado e de repente me lembro de que na carta anterior não lhe falei do sete de setembro, com a multidão na rua, o Dutra presidindo a solenidade e o desfile das tropas, com destaque especial para os pracinhas. Foi uma cena comovente, eles marchando orgulhosos, mesmo os estropiados, carregando faixas com os nomes dos mortos. Depois, fui me encontrar com Maura e prolongamos o passeio até o Pão de Açúcar, que eu ainda não conhecia. Lá em cima a visão que temos da cidade, batida pelo mar, é emocionante. Maura também me levou pra conhecer a Confeitaria Colombo, tão antiga que foi freqüentada, até, pelo Machado de Assis, dizem. Ou será lenda? Papai, por que o senhor só me manda bilhetes sucintos? E, a não ser da Gertrud, nunca me fala dos amigos pelos quais pergunto? Está praticamente decidido meu contrato, tenho toda a documentação e logo estarei de carteira assinada. O fato de saber outros idiomas me ajudou bastante e já me pediram que traduzisse algumas matérias do alemão e do francês. Li em uma revista alemã um conto assinado por um tal de Gregor Samsa, jovem escritor praticamente desconhecido até mesmo na Alemanha, intitulado "Os Três dos Três", uma história fantástica desenrolada em três planetas, do qual os três dos três são eles e são outros, gentes e bichos que se comunicam pelo pensamento e passam por estranhas aventuras. Falei do conto para o João, que me levou até a redação da revista *Leitura*, do Barbosa Melo. Ele se interessou, foi logo dizendo que não tinha como pagar pelos direitos autorais e pela tradução, contudo se eu traduzisse, ele se arriscaria a publicar e me daria cinco exemplares da revista. Não estranhe se dentro de uns dois meses receber a revista e encontrar tradução de Ilze Bornmann, como vê sua filha está se encaminhando para o tortuoso caminho da escrita e quem sabe amanhã o senhor estará diante de uma nova Anna Seghers. Por favor, escreva mais, me fale bastante de si e de nossos amigos comuns.

Carinhoso beijo da

Ilze.

Ilze em seu quarto, como num refúgio. Não sente fome Trancou bem a porta, atirada sobre o leito, soluços bem fortes. Luz apagada. Pixote se insinua por entre seus braços, mia à espera de um carinho da dona. No escuro, os olhos do gato brilham. Uma lâmpada de fora ilumina vagamente parte do quarto, dando um tom sombrio ao ambiente. Pode-se divisar a cama, uma pequena mesa, cadeira e guarda-roupa, estante com livros, criado-mudo. Talvez entre os livros — livros de estudo, uma ou outra novela um tanto "picante", emprestada por colegas, lida em segredo, às escondidas e que ela guarda ao lado da pequena Bíblia —, talvez lá se encontrem os seus *recuerdos*, as lembranças do tempo de menina, uma cabeça de boneca, uma flor... Quem sabe retratos, onde ficaram gravados passeios, *flirts*, ela em diversas poses.

O rosto enterrado no travesseiro, vai diminuindo o choro. Se acha muito boba por chorar.

Pixote não se satisfaz. Quer os carinhos que a dona lhe deve e torna a lhe saltar no colo, ronrona: "Por que isso agora?" Lambe-lhe o rosto. Ela então afaga o bichano querido. Sorri.

Rio de Janeiro, 5 de abril de 1947.

Querido Pai,

Faz um calor danado, porém o de Blumenau, em certas épocas, é mais desagradável, aqui temos sempre a aragem do mar que nos refresca. O trabalho vai bem e penso que com pouco mais deixarei a revisão, já começo a fazer algumas incursões como repórter, o diretor da revista diz que levo jeito. Embora tenha feito a tradução e entregue ao diretor da revista *Leitura*, o conto, infelizmente, acabou não sendo publicado, e eu, em um daqueles acessos de raiva que o senhor conhece, acabei jogando tudo no lixo, se bem que pela noite "Os Três dos Três" me aparecem em sonho e me levam deste planeta onde estamos para os outros dois que mal diviso, o senhor pode não acreditar, porém já me comuniquei com um ser estranho de quase três metros de altura, duas cabeças, uma falando o alemão da Alemanha, a outra esse alemão aí de Blumenau. Fiz mais alguns amigos. O senhor pode nem acreditar, garanto que não tenho, nem tive nesses mais de dois anos de Rio de Janeiro, nenhum namorado. Por vezes, penso em Hermann e em Rupert e outro dia eu conversava com madame Mercedes, na cozinha, quando vi, através da janela, entrar um vulto, que era ao mesmo tempo Hermann e Rupert. Papai, não se preocupe, não estou enlouquecendo, não, porém a Maura, que se tornou uma espécie de confidente, diz que eu necessito arranjar com urgência um namorado. O senhor concorda? E o senhor, continua tendo suas aventurazinhas? Ou imagina que eu não sabia delas? Quase todos na cidade sabiam. Fiquei conhecendo outros dois refugiados da guerra, não da sua, mas da de 1939-45, um húngaro, Paulo Rónai, e um austríaco, Otto Maria Carpeaux; o Rónai fala português com pouco sotaque, o Carpeaux, gago, perguntou aos arrancos donde eu era e ficou surpreso quando respondi em alemão. O senhor se lembra da Dulce, que me deu as primeiras lições de revisão? Deixou a revista, foi viver com um estranho que ninguém chegou a conhecer e faz uma semana apareceu morta, a polícia ainda não chegou à conclusão se foi suicídio ou assassinato. A notícia apareceu em todos os jornais e para mim foi um choque tremendo, pois embora não tivéssemos nos tornado amigas, sempre tivemos uma relação amistosa e devo a ela o que sei da profissão. Coisas da vida. Me escreva mais, por favor. Prometa que algum dia, não muito distante, me fará uma surpresa, aparecendo na pensão ou até mesmo na redação.

Um grande beijo da sempre saudosa

Ilze.

Rio, 10 de abril de 1947.

Lieber Vatie,

Seis da manhã; virei e revirei na cama sem pegar no sono, nem cochilei, mas não se preocupe, estou bem de saúde, foi conseqüência do desabafo da madame Mercedes, até meia-noite. Como já sou quase jornalista quero ver se consigo reconstituir tudo:

Tive um dia tranqüilo, cheguei disposta a tomar um banho e estudar um pouco. Escutei umas batidinhas na porta, à minha pergunta veio a resposta "*Soy yo*". Me apressei em abrir, pedi que ela entrasse, respondeu que não, era só um convite para jantar com ela na cozinha, estava preparando o prato de que tantas vezes me falara, não havia pressa, eu podia tomar um bom banho e descansar, um pouco antes das nove estava bom, a cozinheira já picara os temperos, mas quem ia para o fogão era ela.

Uma toalha bordada num dos extremos da mesa, duas taças, dois copos, um pratinho com queijo e biscoitos, uma garrafa de vinho. "*Bienvenida*, acabei de abrir o vinho para que ele respire, temos meia hora ainda até que a *paella* fique pronta. Enquanto esperamos, vamos tomar uma taça, provar o queijo e conversar." "Me desculpe, eu não bebo." "Vinho não é bebida, é remédio; aprenda comigo, tome um pouco d'água, agora um gole de vinho, mas não engula logo, deixe que o sabor impressione as papilas, depois mastigue um biscoitinho e uma pontinha de queijo." Não tive como recusar. Enquanto madame tomava um bom gole, até nós chegava o provocativo cheiro da comida. Com esforço tomei outro gole que desceu melhor. Houve um silêncio, quebrado por uma pergunta insólita: "*Quantos años julgas que tengo?*" Para não desagradá-la, calculei por baixo: "Perto de sessenta." Ela sorriu um sorriso triste: "Nasci em 1897, completo hoje cinqüenta anos, os cabelos brancos, as rugas, o corpo gasto surgiram de um dia para outro, a vida me maltratou; a um só tempo perdi Pablo e Federico." Eu me sentia desconfortável, sem saber o que dizer, ela verteu mais vinho nas taças e num jorro desabafou:

"Pablo e eu nos conhecemos de crianças, sempre vivemos em Barcelona, casamos e pouco depois nasceu Federico (sim, em homenagem a Lorca), levávamos uma vida confortável, meu marido soube gerir bem a herança paterna, mas em 1930, por razões políticas, enfrentou problemas e resolveu emigrar, optando pelo Brasil. Construiu esta boa casa, aqui no Largo do Machado, montou uma firma de importação e exportação."

Madame Mercedes calou-se por uns instantes, suspirou fundo, ergueu a taça e, com voz embargada, brindou: "Aos meus cinqüenta e aos teus vinte! E vamos à *paella*, que está no ponto." Acompanhei-a no brinde, pois afinal vinho era remédio. Repeti o prato que, talvez pelo "remédio", me soube mais gostoso do que eu imaginava. Só depois de retirada a mesa, diante de minha insistência, ela recomeçou: "A cada ano meu marido se mostrava mais inconformado com a situação política da Espanha e indignado com o apoio que Franco recebia da Alemanha e da Itália, enquanto Inglaterra e França fingiam não ser com elas. Foi em 1937, me lembro como se fosse hoje. Pablo chegou mais cedo em casa e, sem me beijar como de costume, numa voz dura que eu desconheci, disse: 'Vamos conversar no quarto.' Foi direto: 'Vendi a firma e as duas salas, passei todo o dinheiro para o teu nome, também esta casa.' Me pus a chorar, enquanto ele acrescentava: 'Semana que vem viajo para a Espanha'. Tentei contrapor: 'Não foi o que combinamos, havíamos resolvido esperar um pouco.' Pablo foi seco: 'Esperei.' O pior estava por vir. 'Federico vai comigo.' Minha vista se turvou e zonza implorei: 'Os dois não!' De nada adiantou e na semana seguinte os dois embarcaram para se juntar às forças republicanas. No começo as cartas eram regulares e procuravam me reanimar, mas as duas últimas falavam de desespero, das lutas internas entre os que apoiavam a República, enquanto as forças franquistas iam acumulando vitórias. De repente o silêncio. Por uma notícia no *Correio da Manhã* fiquei sabendo da capitulação, das tentativas desesperadas de atravessar a fronteira francesa, dos campos de refugiados. Eu não tinha a quem recorrer na Espanha e minhas relações no Brasil eram poucas. Nem sei como resisti, abrir esta pensão foi a um tempo um trabalho e uma terapia. Meus hóspedes eram em geral estudantes, logo acrescentei alguns quartos no terreno nos fundos da casa. Não adiantava, a incerteza era uma tortura, eu precisava saber. Uns dois anos depois, já em plena Grande Guerra, me lembrei de um primo distante, ligado à Falange, tinha um endereço, arrisquei. A resposta foi rápida e brutal, ele não testemunhara, mas no final da Guerra Civil o fuzilamento sumário era prática constante, e a menos que Pablo e Federico tivessem cruzado a fronteira, lamentava, mas pouca ou nenhuma esperança havia."

Papai, chorávamos as duas, abracei-a e ela soluçando comentou: "Federico tinha a tua idade quando se foi, como era bonito, como era inteligente, como era valente!" Eu me lembrei de como, em 1918, teus pais morreram no dia do armistício, atingidos por uma bomba. Eu já tinha contado esta história à madame e também como, por tuas posições antinazistas, sofreras perseguições da Blumenau, em boa parte admiradora de Hitler.

À meia-noite, consegui que madame Mercedes se levantasse e, amparando-nos mutuamente, subimos até o segundo andar, nossos quartos eram próximos, ela abriu a porta e me pediu que esperasse um momentinho, voltou com uma foto dela entre Pablo e Federico, e me disse: "Vê como eles eram bonitos", ela também era. Entregou-me um livro, dizendo: "Com este livro ficarás sabendo de tudo que aconteceu." Era o romance *L'éspoir*, de André Malraux.

Papai, me desculpe, mas eu precisava desabafar, e só podia ser contigo. Um abraço e um beijo da filha que o ama

Ilze.

Ilze se vê em pequena, ela e Rupert brincando de pegar, ou então fazendo a Cleo, mãe do Pixote, de filhinha mais moça deles, tão doentinha, a coitada, e que iam levar ao Doutor. O Doutor era o Hermann, e um dia tanto remédio deram ao bicho que ela acabou morrendo. O enterro no fundo do quintal foi muito concorrido, com a presença da criançada vizinha, com discursos à beira do túmulo. Pixote, bem pequenininho, foi tratado a leite em mamadeira.

Ilze acaricia a cabeça do gato, mas já o esquece e está correndo com os dois companheiros, andando de canoa pelo Itajaí-

Açu, pescando e tomando banho nas águas escuras, ouvindo, ao voltarem, reprimendas dos mais velhos, pitos do pai e iracundas reprimendas de *Frau* Ana e *Herr* Hans. Tempos felizes em que eles cresciam e faziam planos de futuro. Tempos felizes, quando deixavam a canoa vagar ao sabor das ondas, rio abaixo, sentados nos bancos toscos, com os remos nas mãos porém sem remar, e começavam a construir intermináveis castelos. Rupert falava, Hermann retrucava, ela ria, discutiam, esquecidos, a canoa descendo, embalada pelas ondas fracas, pela brisa serena que soprava. Alguns biguás nadavam, vinham bicar os peixes. Gaivotas passavam, asas brancas estendidas, qual roupa a secar ao sol. A tarde morria, um sol rubro incendiava os morros. Eles então remavam em direção à margem, fazendo força contra a correnteza, já sabendo o que os esperava em casa, amarravam a canoa, saíam correndo para chegar antes do anoitecer total. Diante das reprimendas, prometiam aos seus e a si mesmos não repetir a aventura. Na primeira oportunidade de novo lá estavam, no meio do rio, muitas vezes punham-se a cantar, velhas e amáveis baladas alemãs, aprendidas na escola ou dos pais.

"Die güldne Sonne" era a de que Rupert mais gostava. Ilze e Hermann preferiam a lírica "Stille Nacht, heilige Nacht" ou o "Tannenbaum".

Assim cresciam.

De repente tudo mudou. Rupert deu em evitá-la, sem a menor razão; Hermann tonto diante do que acontecera, com a morte do pai e o incêndio da casa, obrigado a trabalhar como operário em uma fábrica.

Sem saber como, as relações se esgarçaram, ao mesmo tempo que cresciam, se distanciavam. De Rupert ela sabia notícias pelas amigas, Hermann, cada vez mais ocupado em ajudar a família. Certa vez, alta noite, Rupert bateu na janela do quarto dela, chamando-a baixinho, espantada perguntou o que era, "abre, preciso te ver", receosa abriu a janela. Anos haviam passado, ela estava uma mocinha, ele também.

De uma árvore que subia até o segundo andar, agarrando-se à janela, iluminado pela luz da lâmpada fraca do varandão, surgiu o vulto embriagado, que tremia e chorava, achando-se "indigno" dela, e que lhe tomou as mãos, babando-as com aquela gosma da embriaguez, a rir e chorar, contando uma novelesca história de amor e ódio. Ilze não entendeu nada daquelas entrecortadas palavras. Só soube que ele a teria amado, amava, se não fossem os pais de ambos e a religião, um empecilho, ela católica, ele protestante, e que nunca a esquecera.

Ilze não tinha o que dizer. Deixou-o falar, falar e falar, extravasar. Ficara ao menos sabendo a razão do afastamento dele.

Quis entrar, Ilze não deixou, temia fraquejar, mandou-o embora, que voltasse, sóbrio, durante o dia, podiam conversar na saleta térrea da casa ou em um ponto qualquer da cidade. Rupert relutou, forçou, queria entrar. Irredutível, Ilze bruscamente fechou a janela. As mãos de Rupert se soltaram e ele escorregou pelo tronco da árvore, parou alguns minutos, meio em pé, meio deitado, não teve coragem de subir outra vez e insistir.

Rio, 13 de agosto de 1947.

Papai,

Muito obrigada pelos presentes. Tanto pelo belo vestido, que já provei e ficou certinho, como pelo retrato do Pixote, que parece estar me olhando e perguntando: "Quando voltaremos a nos ver?", respondi seriamente que não sei. Que bom que desta vez sua carta é mais extensa e fico sabendo um pouco das pessoas amigas, da vida na cidade, de seu trabalho como fotógrafo e surpresa ao ouvir que nossa casa de enxaimel se tornou atração turística. Papai, me diga por que não vem me visitar? Podemos expor aqui no salão da pensão, suas fotos. Estou certa de que será um sucesso. Estou bem, agora mais ligada à madame Mercedes. Trabalho bastante. Estive, semana passada, no *Correio da Manhã*, me disseram que estavam admitindo jornalistas, não deu certo. Encontrei o Otto Maria Carpeaux, que me reconheceu, em alemão perguntou se o senhor era brasileiro, respondi que não, era alemão de Lübeck. Carpeaux visitava a casa dos Mann, perguntou qual o seu nome e se o senhor havia conhecido o escritor. Respondi que não mas que tinhas a primeira edição de *Buddenbrook* e conhecia a mãe brasileira do escritor. Ele me recomendou outros livros. Embora esteja satisfeita com meu trabalho na revista, pretendo algo maior. Vamos ver.

Abraços.

Ilze.

Motivada pelos presentes e pela carta do pai, Ilze se imagina em seu outro quarto de Blumenau, angustiada por seu relacionamento tumultuado com Rupert, tendo agora na mão um amarelecido retrato, ela entre Hermann e Rupert, os três com uma cara espantada, nem sabe de quê.

Rio, 5 de novembro de 1947.

Querido Pai,

Desculpe o tempo sem lhe escrever, também de seu lado não tenho tido cartas. Esta é para saber e dar notícias. Primeiro, por favor me escreva dizendo como vão todos por aí, a Gertrud e o Pixote. Você acabou mesmo fechando a ótica e a relojoaria, ficando só com o estúdio fotográfico e o laboratório? Continuo na revisão da revista, mas tenho escrito alguns artigos e reportagens para praticar; em uma publicação de novos intitulada *O Objeto* aceitaram uma crônica minha, foi com emoção que li e reli meu texto impresso, mistura de reminiscências dos meus tempos de menina e fantasia de um mundo mais sonhado do que vivido. Vou mandar um exemplar, por favor leia sem mostrar para qualquer outra pessoa. Já tenho outra crônica aprovada, muito fantasiosa, onde converso com o Pixote. Espero qualquer dia lhe comunicar que, afinal, consegui deixar a revisão e estou trabalhando, por exemplo, como repórter no *Jornal do Brasil*.

Um carinhoso beijo, também para Gertrud e o Pixote, da saudosa

Ilze.

23

Contraste

Durante esses anos, enquanto a família de Rupert, os Von Hartroieg, estiolava-se aos poucos por falta de vigor e sangue novo, a cidade, ao contrário, crescia, tornava-se importante centro comercial e industrial, tragava aos poucos os que a haviam idealizado para uma vida pacata e simples, sumiam as grandes chácaras e espaços vazios, substituídos pelos edifícios que começavam a se erguer.

A criação engolia o criador, sufocava-o. Ou melhor: forçava-o a se afastar, ceder terreno.

A Primeira Grande Guerra Mundial fora o impulso para a transformação, que logo tomou ritmo acelerado. No decorrer dos anos 1930, *Herr* Hans tornara-se líder dos que apoiavam Hitler, pressionando e ameaçando os que, como Günther, se lhe opunham. O governo demorou a se dar conta da necessidade de intervir e se fazer presente naquele enclave. A partir da entrada do Brasil na guerra contra o Eixo, como para se redimir da omissão, fechou escolas alemãs, aumentou o contingente militar, agiu até com violência.

24

Hans

Foi na fábrica, certa manhã, na visita costumeira, que *Herr* Hans se desentendeu com o gerente Mateus e pôs-se a destratá-lo, e num súbito ataque de raiva tentou agredir o velho servidor com a bengala, *Herr* Hans avançando e "seo" Mateus recuando, rodeando a oficina, os operários estupefatos... Até que o patrão desabou. Caiu ao comprido, com a cara de lado. O tempo passava e nada de o velho se levantar. Mateus foi o primeiro a se abaixar junto ao corpo inerme, o velho de olhos vidrados e boca aberta, a baba escorrendo, incapaz de fazer qualquer gesto. De ambulância, foi levado para casa; quase junto chegava um médico. O doente ficou na cama estirado, duro, como morto. Apesar do prognóstico desanimador, *Herr* Hans era de têmpera rija, teve uma lenta recuperação. Em sua cadeira de rodas, recebia velhos amigos, ansioso por saber as últimas novidades, ainda amargando a derrota de Hitler. Se antes já era de temperamento exaltado, agora se tornara intratável. Semiparalisado, fazia questão de receber um relatório de Fritz todo fim de tarde;

quando algo lhe parecia errado, brandia em todas as direções a bengala que empunhava na mão esquerda. *Herr* Hans ficava-se a percorrer a casa enorme, vazia de gente, pois para ele *Frau* Ana e Maria não passavam de sombras. Sem nada poder fazer, berrava de raiva; recusava-se a tomar calmantes, a duras penas engolia os remédios, apostrofava Deus e o mundo, delirava, falava com os antepassados que desciam de seus retratos na parede da sala.

Confundia Fritz com Rupert, reclamava da ausência do Caçula, exigia a presença da mulher, ora para que ela cumprimentasse os parentes ora gritando que lhe trouxesse o menino na sala. Não suportava a presença de Karla e de Catarina e só aceitava ser servido pela Maria, que lhe dava comida na boca. *Herr* Hans sofria freqüentes lapsos de memória, derreado na cadeira, parecia morto, *Frau* Ana, ao lado dele, torcia as mãos, incapaz de um gesto de carinho outrora tantas vezes recusado, mal lhe tocando o braço inútil. Recebia estranhas visitas, só por ele percebidas. Certa madrugada de inverno acordou a mulher dizendo-lhe que pegasse logo o chapéu do Dr. Fritz Müller, o parente ilustre estava ali para curá-lo com remédios de ervas medicinais aprendidas com os índios. Em vão outros médicos foram chamados, conversavam com *Frau* Ana, com os enfermeiros, analisavam os exames, trocavam um que outro remédio, chegaram a fazer uma junta médica com colegas da capital e o diagnóstico se confirmava, o coração era de um jovem, só restava esperar. *Frau* Ana mudou-se para outro quarto; o enfermeiro da noite se recostava num divã, pela manhã, com a ajuda de Maria, banhava o doente, punha-lhe roupas confortáveis e, na cadeira de rodas, levava-o para a copa. Após o desjejum, o doente ficava à sombra da jabuticabeira, se aquecendo aos raios de sol que se infiltravam por entre a folhagem e aspirando o perfume adocicado do jasmineiro. Enquanto *Herr* Hans dormitava, o enfermeiro passava os olhos na revista *O Cruzeiro* e nos jornais *O Estado* de Florianópolis e *A Notícia* de Joinville, isso nos dias de calma e lucidez, porque de repente o velho podia passar para períodos de alucinação, se defendendo de imaginadas ameaças a golpes de bengala. Clamava por *Frau* Ana, exigindo notícias da fábrica e da ausência de Fritz. Se ela ponderava que Fritz acabara de sair, ele esbravejava: "Sua burra, quem esteve aqui foi o Rupert, querendo ordens para a fazenda." Não usava mais seu português capenga, só o alemão da colônia, e repetia: "Será que nossa família vai desaparecer? Ninguém me dá um neto?"

Quase dois anos se haviam passado, e certo anoitecer *Herr* Hans pediu ao enfermeiro que trouxesse com urgência *Frau* Ana à sala de visitas, mandou que ela sentasse, dizendo: "Vê quem está aí do teu lado." Não havia ninguém, ela se manteve calada. Alteando a voz, *Herr* Hans exclamou: "Mulher, é o Caçula."

Quantos anos tenho, melhor, teria? Não sei. Como saber! Parei no tempo e o tempo também parou. Fico nos doze e um dia.

O tempo estaciona, nós é que continuamos — diz Pintado. Podem passar instantes, segundos, minutos, horas, dias, semanas, meses, anos, séculos e tu terás sempre doze. O futuro deixou de existir, tua memória não pode pretender aquilo que não viveu. Te satisfaz com o que ocorreu até os teus doze.

O pior é que nem isso consigo, minha memória não é uniforme, as lembranças se fragmentam, avançam ou recuam, independentes da minha vontade. Estou com oito anos, a jabuticabeira apinhada de jabuticabas, o chão também, mas eu quero subir, pegar dos galhos, é mais gostoso. O tronco é muito grosso, me esforço sem conseguir, mamãe pede que Maria traga uma escada, meu pai impede, sério, diz: "Se ele quer mesmo e é macho, que se esforce e suba." O desafio mexe com meus brios de menino, volto a tentar, meto as unhas no tronco, avanço meio metro, escorrego, insisto, não sei como acabei chegando até um galho e é com orgulho que apanho uma frutinha, mastigo, me parece ainda mais saborosa, apanho mais algumas, jogo para meu pai, mamãe, Maria. Peço uma cesta que vou enchendo. Pensei que seria mais fácil descer. Não é. Meu pai continua se recusando a permitir a escada, tenho que descer da mesma forma que subi, é com a camisa rasgada, peito e joelho sangrando que chego ao chão, Maria já tem uma bacia com água, começa a me limpar, enquanto mamãe providencia arnica para passar nos ferimentos.

Pintado é implacável: "Teu passado de doze anos se resume a este episódio?"

Não, porém existem momentos em que tudo se apaga, me esforço, será que mamãe ainda tem, na mesa-de-cabeceira de sua cama, meu retrato de formatura no primário, uma foto de corpo inteiro, minhas primeiras calças compridas, um terno de linho branco, uma gravata horrorosa, eu tendo em uma das mãos a comprovação de que havia concluído o curso? Ou será que mamãe só tem a outra foto, meu rosto com um sorriso feliz de quem passou por mais uma prova? As fotos foram, da mesma forma que as demais, feitas por *Herr* Günther. Que mais? Esforço-me. Estão na sala, embaixo dos retratos dos antepassados de meus pais. Devem ser cinco fotos: na primeira, eu apagando as velinhas do meu décimo segundo aniversário, tenho uma cara feliz e as bochechas infladas, soprando;

na segunda, estou entre meus pais, mamãe com um vestido novo, muito bonito, sorridente, meu pai sempre com aquele ar severo de quem está pronto a explodir; na terceira, apareço entre Catarina e Karla, Fritz e Rupert; na quarta, tenho a companhia de meus amiguinhos, mas não os vejo, apenas sombras; na última, abraçado com Maria.

— É só?

— Pode ser que não. Estou cansado, tais lembranças me sufocam, por que me torturas?

— Não torturo. É a única maneira de manter tua mente ativada. Ou será que queres apagar os doze?

— Bem que gostaria, não consigo, da mesma forma que não consigo apagar o dia seguinte aos meus doze anos. De tardinha, saíra para me encontrar com os amigos, um dia quente, fomos até a beira do rio, eu desafiei: quem me acompanha, todos fizeram sinal negativo com a cabeça, então num salto brusco me atirei na água, mergulhei. "Foi só." Tu, Pintado, repetes sempre a mesma pergunta quando digo foi só. Que posso fazer? "Foi só." Minhas lembranças se recusam a reconhecer o que sucedeu e de que maneira vim parar neste buraco, deve ter sido na mesma hora ou no mesmo dia em que apareceste reclamando: "O que faz o senhor por aqui, é a minha toca, o lugar do meu acasalamento na época da reprodução, podia ter descido rio abaixo, acabando no mar, entre outros peixes, por que foi logo me escolher?" Respondo: "Escolher, achas que estou satisfeito com o que me aconteceu?" Não tenho nem posso ter lembranças do depois, Pintado sim, então, quando está mais falante, se refere a fatos que não são meus, embora ele diga que são da cidade onde nasci e passei os meus doze anos e um dia. Imagino, por vezes, se é que o tempo não passa, se não tenho como passar, o Pintado será sempre o mesmo, peixe imortal, diz ele que já tivemos, estranho esse "tivemos", enchentes que tomaram toda a cidade, a organização dos integralistas de Plínio Salgado, a Segunda Grande Guerra, os desencontros crescentes entre meu pai e Rupert, minha mãe envelhecida e prostrada de um dia para outro, a Ilze um pouco mais idosa do que eu, com quem eu brincava quando ela não estava conversando com Hermann e Rupert... Tudo isso é meu e não é meu. O Pintado não cansa de me dizer: "De onde estamos, cavando um túnel, podemos acabar na cozinha da casa da tua família, imaginaste o susto da Maria que até hoje não cansou de chorar por ti, será que tua mãe remoçaria, teu pai sairia da cadeira de rodas?" Fala absurda, o que aconteceu, aconteceu, eu que me afoguei, embora nadasse tão bem, o que desejo é me apagar, ou tudo isso não terá passado de um sonho. Um dia qualquer a Maria prepara um peixe com a arte de sempre e lá estarei eu saboreando este Pintado, que não cansa de me atormentar.

Rio, 30 de janeiro de 1948.

Papai

Não tenho como dizer o que sinto. Lamento por *Frau* Ana, por Karla e Catarina, por Fritz, por Maria, principalmente pelo Rupert, que deve estar sentindo mais do que os outros, quem sabe até se julgue um tantinho culpado pelo que aconteceu a *Herr* Hans. Pelo que o senhor me diz, a situação é irreversível e pode se prolongar por muito tempo. Os parentes e os amigos tendem, num caso desses, a ficar divididos, acham que o melhor e mais lógico é o doente morrer, logo se recriminam, julgam que existe sempre a possibilidade de um milagre. O senhor sabe que jamais consegui me aproximar de *Herr* Hans, talvez meu relacionamento com Rupert tenha se tornado mais problemático exatamente devido ao pai que ele tem. Mudando de assunto: o senhor, a Gertrud e o Pixote vão bem? Fotografando muito? Me mande, por favor, uma foto dos três, o Pixote no colo da Gertrud. Embora tivesse muito o que lhe contar, com a notícia que me mandou, não me sinto hoje em condições.

Carinhoso abraço

Ilze.

25

Tédio

Em Rupert, o primeiro sintoma da depressão é o tédio. Um tédio que ele não explica. Também não pode se acostumar ao entra-e-sai do médico, os enfermeiros tomando conta da casa, a mãe sem se desgrudar do marido, a quem tanto temia. Ele sentindo mais nítido o descompasso que vinha desde a infância, como se *Herr* Hans e ele fossem estranhos, no entanto tinha de reconhecer que o pai era um homem forte e decidido, mesmo em suas posições equivocadas. Agora todos na casa se moviam em torno do doente, que podia estar tanto calmo, apagado, como furioso, gritando e brandindo a bengala em todas as direções. Rupert se refugiava no quarto, estirado na cama, perdido em seu mundo particular, alimentando a decisão: rompidas as amarras, a única saída possível será fugir e durante um bom tempo não dar notícias nem querer saber notícias.

Um tédio mortal! Até a doença do pai virara um fato corriqueiro, parte da vida em família, da qual ele se recusava a participar. Sem se dar conta, observa as paredes do quarto, de um azul esmaecido, a janela quase em frente à jabuticabeira, o guarda-roupa com a porta entreaberta. Embora seja um dia quente, sente frio.

Rupert gostaria de se imaginar um cavaleiro andante, quixotesco, lutando por Ilze, gozar, sofrer, ser preso e libertar-se. Perdia-se horas em sonhos, criava e recriava um mundo à sua imagem e semelhança, vivia nele, queria esquecer o mundo exterior. Ele odeia acima de tudo a rotina — qualquer que ela seja. Sente repulsa pelas pessoas comuns, que passam muito felizes e lampeiras, com suas discussões burguesas. Ah, ali é proibido ter idéias novas. "É proibido até ter idéias." Será mesmo? Que fazer?, interroga-se. Se nada tem finalidade. Será tudo inútil?

"Tudo inútil, tudo inútil", é só o que sabe repetir. Admira a coragem de Ilze; o que o impede de fazer o mesmo? Pelas conversas com Günther, vê que a mocinha que ele admira e deseja está buscando um caminho na vida.

26

Morte

Silêncio na casa. Passos de lá. Sombras entre sombras, as pessoas mal têm coragem de se comunicar. As informações sobre a doença de *Herr* Hans são dadas na porta da sala e só parentes próximos e raros amigos são recebidos para uma rápida visita, o receio é de que o homem saia de sua letargia e com inusitado furor deblatere e branda em todas as direções sua bengala, que já destruiu objetos preciosos e feriu, com certa gravidade, a incansável Maria.

A cidade se enche de boatos contraditórios, o velho é duro, o velho está agonizante, o velho não se decide, nem morre nem melhora.

Todo dia, pela manhã e à tarde, aparece o médico. Chega de carro, salta empertigado, empunhando a maleta de couro, a calça impecavelmente vincada, colete e paletó, gravata-borboleta, flor na lapela, o rosto fechado, sério. *Frau* Ana ou Maria vem recebê-lo à porta. Mesmo antes de ele visitar o doente, querem que diga com sinceridade o que pensa. Então ficam a conversar no varandão por uns minutos, o doutor explica teorias, usa muitas palavras difíceis, fala de casos semelhantes citados em tratados de medicina, zanga-se à simples menção de chamar outros médicos para fazer uma conferência. Não têm confiança nele? Não sabe ou finge que não sabe que vários outros colegas já estiveram ali. Vai examinar o doente que agora derreado mal pode levantar da cama. Nos raros momentos de semilucidez pede que o levem até a sala de visitas, pois quer rever e conversar com os antepassados. *Frau* Ana e o enfermeiro aproveitam para levá-lo ao jardim perto da jabuticabeira ou do jasmineiro por ele plantado.

Longo, demorado exame. Auscultação. Exame das reações nervosas. O lado morto, inerte. Febre. O médico com lentidão vai examinando, analisando, sem nunca perder a pose, o ar de senhor de vidas, pois pensa que a moderna psicologia assim manda, inspirar confiança ao doente — mesmo que o doente não perceba.

Fraqueza e entrega, eis os dois piores inimigos do doente. Não desejar mais viver. De repente desinteressar-se do mundo. Cansado da vida e suas complicações. Aspirando à paz do túmulo. O velho não tenta reagir, não se interessa pelo que lhe possa vir a acontecer. Pulso fraco, quase inaudível.

Fora, *Frau* Ana aguarda ansiosa. Todo dia o mesmo. Quase uma hora e o doutor permanece lá dentro. Afinal o médico se despede de *Frau* Ana, muito circunspecto, falando em estranhas moléstias de nomes arrevesados, complicadas com o natural enfraquecimento causado pela idade.

— E pode crer, o doente é o melhor médico de si mesmo — sentencia para *Frau* Ana e Maria, como um professor.

Frau Ana quer acreditar, mas sente-se um tanto cansada da sempre repetida conversa do Doutor e já sabe de cor algumas de suas frases: "É claro contudo que um doente como *Herr* Hans, na idade dele, terá mais dificuldade em se erguer, em apresentar melhora, será mais difícil do que um moço em quem o sangue, o tecido, tudo reage mais rapidamente. Maquinismo extraordinário o corpo humano! Reage aos poucos, insensivelmente, e só um olhar clínico experimentado poderá constatar a evolução da moléstia e o desgaste do organismo ou a reação e melhora do doente. Para um olhar de leigo tudo parece igual."

Na enorme casa só uma figura existe, conta: o doente. Que nem mais nome tem, sua prepotência não mais intimida, até causa piedade, sumira a forte personalidade que anulava os que perto dele vivessem. É um anônimo. É o doente. É "um" doente, só diferente dos outros porque tem recursos e quem dele cuide.

O doente quase só se comunica em alemão e passa a se referir a si mesmo na terceira pessoa. Diz: "*Herr* Johannes Friedrich Philipp von Hartroieg vem de uma tradicional família de mais de quatrocentos anos, raça pura, fez filhos para que a família continue e agora seus filhos não fazem filhos, ele precisa de um neto, a família não pode acabar." Reclama: "*Herr* Hans quer a presença de *Frau* Ana, saber por que Fritz e aquela mulher dele, a Catarina, Karla, Rupert e o Caçula não aparecem, nem me explicam por que não fizeram filhos." Pára, fixa-se na parede da sala onde estão os antepassados e logo os filhos se corporificam, ele reclama: "*Frau* Ana, explique para *Herr* Hans por que o Caçula continua desse tamanhinho, não estou entendendo." Logo os filhos e *Frau* Ana vão desaparecendo, os antepassados descem da parede e o vão acompanhando até o quarto. O enfermeiro, que também sumira, ressurge, ajuda-o a se deitar.

Herr Hans sai de sua imobilidade, abre os olhos, grita: "Quem é o senhor, *was machen Sie hier? Heraus! Heraus!*"

A família queria acreditar no inacreditável, que *Herr* Hans se reergueria. Mas algo dentro deles lhes repetia que tudo se encaminhava para o fim. Quando sai da letargia, gritos lancinantes reboam por toda a casa, atravessando o jardim e chegando até os fundos, na casa de Fritz e Catarina, a crise podia durar minutos ou horas. Foi com surpresa que certo dia pareceu melhorar, pediu o doce de que mais gostava, *Apfelstrudel*, pediu que *Frau* Ana sentasse ao lado dele na cama, reclamou pelo fato de ela ter se mudado para outro quarto, não queria mais o enfermeiro dia e noite com ele. A aparente melhora não foi longa, era a chamada "visita da saúde", prenúncio do epílogo, que não demorou. Daí por diante foi como se já estivesse morto, todos sentiam que *Herr* Hans já não pertencia a este nosso mundo prenhe de misérias e dores. O que fazia o velho *Herr* Hans ainda aqui?, se interrogavam. Penou por dois dias, todos aguardavam ansiosos o fim do pesadelo que viria como um alívio, uma libertação. Percebiam vagamente, sem querer deixar que viesse à tona, que o doente, depois de o aceitarem como morto, representava uma carga, era um traste incômodo, que já devia estar enterrado. Para todos os fins era um morto e nada tinha a fazer entre os vivos. Que fosse para junto dos seus ilustres antepassados. Ele abandonava o posto que, por mais de sessenta anos, defendera. Contudo, *Herr* Hans custava a se entregar, era um morto, um morto a zombar dos vivos. Teve um último momento de lucidez, se assim se deve chamar aquele rápido relâmpago de entendimento que se pôde perceber em seus olhos. Mirou, neste instante, tudo o que o rodeava: as paredes do quarto, as cortinas, a mesa, a cadeira, o velho guarda-roupa de jacarandá, a cama e as cobertas, as pessoas. *Frau* Ana, numa espécie de sexto sentido, pediu que abrissem a janela do quarto, certamente o marido gostaria de entrever a jabuticabeira e o jasmineiro.

A agonia foi lenta, dolorosa, repleta de gritos e gemidos, até que entrou em coma.

Agora que tudo se consumara, não se furtavam a um duplo sentimento de alívio e mágoa.

Morreu ao pleno sol de meio-dia.

Foi enterrado à mesma hora, no dia seguinte. No mesmo jornal onde se falava de uma possível greve dos operários vinha, com enorme destaque, na primeira página, a notícia do falecimento de *Herr* Johannes Friedrich Philipp von Hartroieg, "filho de uma das mais tradicionais famílias da nobreza alemã, artífice do progresso de nosso município; ele era industrial muito conceituado nos meios sociais e comerciais do estado". *"Ver matéria na página 3."*

27

Derrocada

Tudo consumado, a família se retirou, se isolou, para chorar o morto e resolver o que fariam. Fritz continuou à frente da empresa, que ia de mal a pior sem a presença de *Herr* Hans. O que a fábrica produzia não agradava ao mercado; os operários intensificaram a luta por melhores salários e condições de trabalho.

Decorridos meses, Fritz convocou uma reunião com a família, foi logo dizendo que a única saída viável era passar adiante a fábrica; não houve discussão, todos concordaram. Com a parte da herança que lhe coube, Fritz retomou seu sonho, comprou terras no distrito de Dona Ema, dedicando-se à criação de gado leiteiro, a uma lavoura de subsistência e à enxertia de árvores frutíferas, enquanto Catarina, sempre desajustada, se decidia pela volta a Frankfurt, sua cidade natal. Não demorou para que, ao lado das terras de Fritz, se instalasse o húngaro Alexander Lenard, refugiado da Segunda Grande Guerra, médico, pianista exímio, especialista em Bach, latinista, desenhista, autor de vários livros, entre eles *Die Kuh auf dem Bast*, logo traduzido para o inglês pelo próprio autor, com o título de *The Valley of the Latin Bear*, prefaciado pelo poeta e romancista Robert Graves; o livro trata da aculturação no vale do Itajaí e em dois ou três episódios aparece camuflada a figura de Fritz. Karla abriu A Pioneira, agência de turismo, sendo ela própria uma de suas principais clientes; Rupert buscava uma saída, sem saber qual; *Frau* Ana passava os dias na cozinha em intermináveis conversas com Maria, a saúde frágil, apagando da memória os últimos tempos, enquanto as lembranças de recém-casada voltavam vívidas, o Caçula cada vez mais presente, chamando-a; ela recusou os pedidos dos parentes para que voltasse a morar em São Pedro de Alcântara, donde saíra menina-moça faceira, com sonho de ser pianista, sonho frustrado pelo casamento.

Rio, 3 de julho de 1948.

Papai

Peço que transmita meus pêsames à família de *Herr* Hans. Me desculpe, mas não tenho como dizer o que sinto, o Senhor bem sabe que nunca tive qualquer simpatia por ele. Desculpe não haver escrito antes, nem é por andar muito atarefada, pois entrei numa rotina de trabalho na revisão e tenho feito algumas traduções de artigos do alemão e do francês. Cada vez me sinto mais próxima de madame Mercedes, tenho poucos amigos e quase perdi contato com o Ed e o João, eles continuam na revista viajando muito, outro dia fiquei conhecendo uma dupla que também trabalha na revista e faz muito sucesso, o fotógrafo Jean Manzon e o repórter David Nasser. Dizem as más línguas que as matérias deles, muito bonitas por sinal, são um tanto de realidade e outro tanto de ficção. Maura se tornou amiga de madame Mercedes; semana passada ela me levou à Livraria São José, queria me mostrar a revista *Sul*, de Florianópolis; folheei-a, fiquei surpresa de encontrar lá o tal turco que vinha bisbilhotar em Blumenau. Dali fomos para a rua do Ouvidor, quem sabe, disse ela, teríamos a sorte de encontrar Graciliano e Zé Lins, na Livraria José Olympio. Papai, extrovertida como sempre, pensando me agradar ela me constrangeu, cumprimentou Zé Lins, abanou para Graciliano, enquanto dizia: "Não é só o Nordeste que exporta talentos, logo logo vocês vão se surpreender com esta mocinha aqui que há bem pouco chegou de sua terra que é a minha, Santa Catarina." Eu queria fugir, me esconder por entre os livros; cadê coragem para dizer que já havia lido *Vidas secas* e *Menino de engenho*? O senhor se recusa mesmo a me visitar? Eu ainda não sinto disposição de aparecer em Blumenau. A Gertrud e o Pixote vão bem? O senhor sempre fazendo suas fotos?

Carinhoso beijo da

Ilze.

28

Libertação

Rupert sente-se dividido, jamais imaginara que a morte do pai viesse lhe causar tamanho impacto, também percebia que ela fora um momento de libertação. Desconcertante pensar de tal maneira, porém não havia outro jeito. Desde pequeno, quase podia dizer desde que nascera, *Herr* Hans e ele pareciam pertencer a mundos diversos. Isso fora se acentuando com o transcorrer dos anos. Amargurara, ao mesmo tempo, a vida de ambos, mais ainda a de *Frau* Ana. Nos primeiros dias após a morte do pai, Rupert mal conseguia sair do quarto, preferia não encontrar a mãe e os irmãos, fazia na cozinha as refeições, perguntava a Maria se ela se lembrava dos pais e dos irmãos, índios botocudos que, caçados pelos bugreiros, haviam fugido, deixando-a para trás. Eram lampejos, os seus sumindo e um homem desconhecido carregando-a. Um dia surgira em sua vida *Frau* Ana, que se tornara uma espécie de mãe. Em casa, aprendera a falar alemão e português, mal sabendo algumas palavras de seu idioma nativo.

Noite de lua cheia, Rupert evita os pontos onde pode encontrar amigos e conhecidos, vai em busca de Matilde, a última vez que a viu foi no enterro do pai, mal se cumprimentaram, nem entende por que não a procura mais, gosta da conversa dela, do fremir dos corpos unidos. Música e vozes perto da pensão, mal abre a porta, Lupércia, a dona, como se o esperasse diz: "A pobre menina se foi, chorava que nem uma bezerra desmamada, te deixou esta carta; mas senta, homem, vou pedir que te tragam uma bebida ou alguém para te acompanhar." Carta esmagada na mão, sem responder nem agradecer, sai, deixando a porta entreaberta. Caminha desnorteado, pára mais adiante, desdobra a carta, a luz da lua permite que leia com esforço: "Puppi, não podia dar certo, nem é culpa tua ou minha, é a má sina que carrego até no nome; foi contigo que pela primeira vez me senti uma pessoa, não um objeto; sonhar não basta, outro dia o dono de um circo me viu dançar, gostou e me fez um convite, não para sexo, precisava de uma dançarina que fizesse dupla ora com o palhaço, ora com o trapezista, eu teria um cantinho para morar, comida, roupa adequada, um pequeno salário, ia conhecer terras e gentes, tinha dois dias para pensar, não pensei, aceitei, ele disse que a qualquer momento se não gostar posso ir embora. Quanto a ti, me esquece. Um beijo interminável da Matilde."

Embora magoado, Rupert admirou a coragem de Matilde, da mesma forma que admirara a de Ilze. Por que só ele não conseguia se decidir?

Está se aproximando dos trinta, embora em determinados momentos sinta que já tem mais de cem anos. Em volta dele todos cresceram, até a cidade, que ele conhece e desconhece.

Quer fugir da indecisão, fugir da cidade, fugir de si mesmo, quer fugir da sombra que o persegue, ser outro Rupert em outra parte qualquer do mundo.

A sombra não o larga, irritado ele torna a perguntar: "Qual o motivo de me enganar, repetindo que o Dr. Blumenau e Fritz Müller sempre se deram bem, pois fiquei sabendo que enquanto o Dr. Blumenau queria, de qualquer maneira, o crescimento capitalista, Fritz Müller sonhava com uma comunidade socialista, onde, sem discriminação, tudo seria de todos, vivendo em plena harmonia, até que cansado o Dr. Blumenau conseguiu, com a influência de pessoas importantes, desterrá-lo para a Ilha de Nossa Senhora do Desterro, foi de lá que o cientista ampliou seus contatos com Darwin, mandando-lhe longas cartas e informações sobre a fauna e flora da região." A sombra nem se digna a responder.

É um fim de tarde, Rupert, que há dois dias não vai para casa, está perto da fábrica que fora dos seus. Desatento, custa a se dar conta dos gritos de revolta, de uma voz que pede "tenham calma, tenham calma", o barulho ensurdecedor tudo domina, de repente um tiro e o silêncio, quebrado pelo som da sirene de uma ambulância; um médico e um enfermeiro saem do veículo, enquanto um corpo vem sendo carregado, um dos que carregam é o velho Mateus, Rupert não quer acreditar no que vê, não quer e não pode, será mesmo o Hermann? Paralisado, vê a porta da ambulância ser fechada, partir, ele chama o velho Mateus. Quase soluçando, a voz embargada, o velho explica: a situação difícil com o antigo proprietário, teu pai, ficou insustentável com os novos. Nesta tarde estava se realizando uma reunião, os operários dispostos a entrar em greve por tempo indeterminado, o diretor ameaçando não apenas cortar os dias parados, mas demitir todos eles se necessário, pois a cidade tinha desempregados dispostos a trabalhar por um salário menor do que o deles. Hermann, um líder, foi chamado, estavam dialogando, sem chegar a uma decisão, os ânimos se exaltaram, súbito um tiro atingiu Hermann em pleno peito, ao cair já estava morto; disseram, embora negado pelos patrões, que o tiro partira da arma de um segurança da empresa.

No dia seguinte, pela tarde, em quase todas as fábricas os operários se recusaram a trabalhar, fazendo um dia de luto. O cortejo com o cadáver de Hermann percorreu a cidade, carregado por seus companheiros; o cemitério foi pequeno para conter a multidão, na capela o quarteto de Domingos Baiano tocava a *Marcha Fúnebre* de Chopin, compositor que Hermann não se cansava de ouvir; Günther disse algumas palavras à beira do túmulo, recordando a luta de Hermann, ao mesmo tempo firme e objetivo, de integridade a toda prova. No entardecer anoitecente, sob um céu penumbrento, ouviu-se a clara voz de Jandira dizendo uma das canções de Noel Rosa que Hermann preferia: "Quando eu morrer não quero choro nem vela, quero uma fita amarela, gravada com o nome dela", enquanto as primeiras pazadas de terra tombavam sobre o caixão. Domingos Baiano e Jandira foram cumprimentar Günther por suas palavras e ouviram dele que Chopin e Noel Rosa eram perfeitos para aquele triste dia.

Anônimo no meio da multidão, Rupert não tivera coragem de se aproximar, relembrava os tempos de adolescência e amizade, a disputa pelo carinho de Ilze. No dia seguinte a notícia da morte de Hermann Siebert (cujo nome ainda saiu errado, Hermano) foi dada numa página interna do jornal, espremida em três linhas. A multidão se dispersou, Rupert foi se postar num banco à beira do rio, ver as calmas águas fluírem, tendo ao lado a sombra que nem durante o enterro o largara. Num ápice, das águas calmas um corpo se ergueu, uma voz que ele reconheceu gritou *"komm, komm"*, "vem, vem", ao mesmo tempo que duas mãos acenavam. Sem hesitação, estava a ponto de se atirar, quando a sombra segurou-o firmemente, empurrando-o em direção ao parque, fazendo-o sentar-se, imóvel ao lado dele, sem uma única palavra, o tempo estacionara, os instantes pareciam durar uma eternidade, até que a sombra em tom definitivo determinou "vamos", acompanhou-o até a casa, sem entrar, acariciou-lhe suavemente o rosto e sumiu para sempre.

Rio, 25 de novembro de 1948.

Pai,

Só umas poucas linhas. Me desculpe, o senhor devia ter me avisado da morte do Hermann, fui saber por uma pequena notícia no *Jornal do Brasil*. Fiquei doente, incapacitada, só pensando em nossos anos de infância e adolescência, a convivência com ele e com Rupert, eu gostando dos dois sem me decidir por nenhum. Vejo que foi uma afeição que me marcou. O senhor não podia ter deixado de me avisar. Me escreva contando detalhadamente o que aconteceu, quem sabe isto me alivie.

Um abraço,

Ilze.

29

Passeio

Última visita à cidade.

É noite. Uma noite calma, nem bonita nem feia. A paz do nada paira sobre as casas e pessoas, as árvores e o rio. Rupert sai a passear, vai caminhando. Já tem tudo preparado. Nestes dias tem andado em paz com os seus, amável, cordato, está "tomando juízo, sentando a cabeça", diz a mãe, ajudou o irmão na burocracia da herança. Aos poucos se refaz da morte de Hermann. Não se dá conta dos preparativos para o festejo do primeiro centenário da cidade. Está decidido, tomará o trem uma manhã dessas, sem se despedir da família, sem deixar um bilhete. Sumirá sem deixar vestígios nem rastros. Deseja que nada saibam dele. Para quê? Não quer lembrar nem ser lembrado! É melhor. Mas e a mãe? Bem, ela logo se acostumará, saberão arranjar uma desculpa. E ele... Quem sabe se um dia não voltará, incógnito, para rever sua cidade, demorar-se diante do túmulo do pai e da mãe, olhar o rio que nunca devolveu o Caçula. Por mais que insista em negar, ama tudo que o cerca,

159

de um amor doentio, a paisagem citadina, os morros que a circundam, o rio Itajaí-Açu onde brincou.

Senta-se num banco à beira do rio, sob uma raquítica árvore, raras estrelas no céu. Fica mirando as águas plácidas. Procura se ver no espelho líquido. Mas está escuro. Só consegue divisar uma ou outra estrela ali refletida. Então com pedrinhas vai destruindo as estrelas, uma a uma. Solitária figura perdida em meditação. Rupert apenas completa a paisagem.

Rio, 18 de maio de 1949.

Meu querido Pai,

É com profunda comoção que rememoro os dias que vocês passaram aqui. Não me conformo, podiam ter ficado mais um pouco. Foi muito bom matar saudades, conversar, passear. Como sofri sabendo dos detalhes da trágica morte do Hermann, ele que sempre lutou por seus direitos e os dos outros. Não canso de recordar a ida de trem até Petrópolis e a beleza do Palácio onde se encontram os objetos do Imperador. Graças a vocês, acabei conhecendo o Jardim Botânico e fui apresentada à árvore que deu o nome ao Brasil. Maura volta e meia fala do almoço no Copacabana Palace e madame Mercedes quer saber se vocês gostaram mesmo do jantar que ela lhes ofereceu, num primeiro momento ficou meio magoada, por vocês não se terem hospedado na pensão, reconsiderou e achou certo, pois um casal precisa ter momentos de intimidade e estar sozinho, ela sabe o que é isso e diz, sorrindo, que um dia eu também saberei. Será? Maura e madame Mercedes insistem em que o senhor precisa fazer uma exposição de suas fotos, melhores do que de muitos que se julgam os tais, podia ser no salão da pensão que fica perto do restaurante Lamas, ponto de referência de fotógrafos, jornalistas e escritores, "*tout le monde et son père*", a gente botaria lá uma bela foto chamando para a exposição, Maura não compreende por que Jandira recusou fazer um teste na Rádio Nacional ou na Mayrink Veiga, tanto Maura como madame Mercedes acham que ela tem uma voz clara e modulada, aí eu expliquei para as duas que Jandira também conhecia música, pois havia estudado com o pai, Domingos Baiano. Sempre exageradas, depois que ouviram Jandira cantar músicas de Noel Rosa, Pixinguinha e Dorival Caimmy, garantem que "*Frau Bornmann*" é bem melhor do que famosas cantoras aqui da terra. Deixe-me falar um pouco de mim mesma, eu lhe disse que gosto do trabalho de revisão, meu salário foi aumentado, tenho feito traduções do alemão e do francês, mas ando em busca de um jornal que precise de repórter, será que não precisam ou não me consideram capaz? Maura outro dia me apresentou a um jovem que vai publicar um jornal literário chamado *O Crocodilo*, a redação está instalada numa salinha minúscula, ela me forçou a levar um continho O rapaz se chama Fausto C. S. Rawet, misto de pernambucano e judeu, um promissor crítico, ficcionista, diz ela. Conversamos bastante, ele se admirou ao ficar sabendo que eu lera Thomas Mann, Hermann Hesse, García Lorca, André Malraux, entre outros e do Brasil eu lera Drummond, Jorge Amado, Marques Rebelo. Ficou de me indicar outros, passou os olhos por meu original, leu, releu em voz alta: "O corpo emerge das águas, anda uns passos como se fosse terra firme, inteiramente desnudo, se alça aos poucos, sobrepaira o rio, vai até o velho casarão, praticamente em ruínas, sobe mais, paira no mais alto da jabuticabeira, num galho bem fino, colhe uma jabuticaba verdoenga, mastiga-a, o sabor travoso, desce mais um pouco, um papagaio se aproxima perguntando o que ele faz ali, a resposta é um não sei, estou tentando reconhecer..., outras aves se juntam, rodeiam o corpo que vai lentamente descendo, enquanto algumas jabuticabas despencam para o chão, o corpo voa do último galho até o jasmineiro ali perto, onde um lagarto que se espreguiça ao sol da manhã reclama, bem podias procurar outro canto ou ver se ainda existe alguém neste casarão que já foi tão importante quanto a família e agora, da mesma forma que ela, está em plena decadência." Fausto disse que iria reler sozinho, com calma, mas que eu prometia, já podia, contudo, adiantar uma observação, bastava "o corpo desnudo", não havia necessidade daquele "inteiramente", que em lugar de fortalecer, enfraquecia a frase, era também preciso tomar cuidado com a harmonia das palavras, num curto trecho você repetiu por três vezes palavras cujo eco não soa bem: inteiramente, praticamente e lentamente. É preciso estar atenta. Papai, para amenizar a crítica, ele sorriu e acrescentou: "Não se amofine, isso se aprende com a prática, com o tempo, com muita leitura e muita escrevinhação." Fausto mora também no Largo do Machado, pertinho da pensão, qualquer dia passará por lá e lá mesmo ou no Lamas conversaremos a respeito, disse ser muito franco, tanto poderia aceitar como dar sugestões ou aconselhar que eu tentasse outra coisa. Estou esperando. Ia me esquecendo de falar da grande surpresa que me fizeram, dupla surpresa, ao chegar à pensão depois do trabalho e passar como sempre para dar um abraço em madame Mercedes, quem encontro lá, conversando e rindo como se fossem velhos amigos, enquanto bebericavam um vinho? O ilustre casal. Tive, ao mesmo tempo, um tantinho de satisfação e outro de ciúme, ia agora dividir meu querido pai com outra mulher, embora fosse, bem sei, um amor diferente.

Beijos e abraços na Gertrud, no Pixote e na Jandira, é claro. Da saudosa

Ilze.

P.S. — anexo um poema da Maura.

"Quero ajudar" — Maura de Senna Pereira

Quero ajudar a construir o mundo futuro
e colocar a minha pedra
no lugar exato e na hora certa:
Quero conter a pressa de ajudar,
deter os passos vãos e as mãos sôfregas,
ordenar minhas paixões de desajustes,
ser vigilante, compreensiva e tenáz.
Deixar no grandioso edifício a minha pedra
com a mão segura para que ela não vacile
e role nos espaços, tombando com um ruído soturno,
feita escombro, antes de ser coluna.
Quero deixar segura a minha pedra.
Altos frisos a revestirão,
esculpidos por sábias mãos alheias.
mas, pequena e anônima, direita e firme,
ela estará lá dentro ajudando.
Quero ajudar a construir o mundo futuro,
o mundo sem fascismo e sem miséria,
luminoso, rasgado, justo.
Quero permanecer aberta
e colocar a minha pedra
no lugar exato e na hora certa.

30

O trem

Mal amanhece, a mãe e Maria ainda dormem, Rupert se despede do quarto, que foi seu refúgio por trinta anos, pega a mala, percorre o casarão, dando adeus à casa que o abrigou desde a infância, onde passou bons e maus momentos, nem sabe se voltará a ver tudo aquilo algum dia, sai pisando de mansinho, vai se afastando, meio de viés, até que a casa desapareça.

Caminha rumo à estação; embora um pouco distante, prefere ir a pé, terá uma última visão da cidade que começa mais um dia de trabalho. Um nó na garganta, tudo vai ficando para trás, a cidade e seu passado, Rupert corre... Receia perder o trem e outra vez adiar a partida. Sente que o trem corre menos do que ele, mesmo assim dentro em pouco estará em Rio do Sul.

O sol surge.

Rupert olha diante de si, para longe, extasiado e temeroso. Parece-lhe que dormiu. Melhor: cochilou somente, pois não perdeu a total noção das coisas. Sobraram-lhe vagas impressões...

Espreguiça-se. Esqueceu-se de tudo, até da idade quer se esquecer, age como se mal estivesse saindo da infância. Só traz com ele o medo, as indecisões, sonhos e dúvidas e esperanças de um adolescente, se bem que sua adolescência já esteja no antigamente. Busca o mundo que tem diante de si. Descobri-lo, embriagar-se. Não quer lembrar-se das raras viagens que já fez a serviço do pai, nas poucas vezes em que se dispunha a ajudar em alguma coisa.

Mas como lembrar, se não era ele?

Não tem amigos. Não considera os parentes. Não deixou ninguém para trás. O Rupert de agora, que é o mesmo e é outro, sempre se imaginou anônimo morando numa grande metrópole, relacionando-se com quem quisesse ou sem se relacionar.

Sorri, um sorriso pequeno e leve, amável, que a morena julga ser para ela. Ainda bem, ela já quase desanimara.

Agora ali está. No trem. Os passageiros rindo, falando, na emoção da chegada próxima. O menino corcunda que vende coisas, sentado num canto, confere o que conseguiu, quase nada.

À medida que o trem se aproxima de Rio do Sul, Rupert divaga, não é mais ele, nem está no trem, é o tio-avô que está num navio que joga e joga, que se aproxima do porto, os recursos são parcos, vem esperançoso, acreditando nas cartas, no chamamento do Dr. Blumenau, sobre as possibilidades do Novo Mundo. Interroga-se: "Então por que sempre me disseram que meu tio-avô, isto é, eu, vim de lá bem, era de família nobre e distinta, que fugiu devido às convulsões pelas quais passava a terra natal?"

Por mais que tentemos, o que está enfurnado no mais íntimo do nosso ser, trazido da infância e adolescência, reaparece sem que o queiramos, como agora: *"Brüderchen, komm tanz mit mir...*", "Passa passa, gavião todo mundo...", em alemão ou português? Naquela mistura, dialeto bárbaro? Não sabe... se esforça por perceber, é inútil... inútil... inútil...

Antes de chegar a Rio do Sul, adormece. Rupert de nada se dá conta. Ele se dirige para a beira do rio ao encontro dos colegas, todos nus, desafiando os embasbacados passantes, se atiram na água, a correnteza quase os leva, porém, a água agora é a que o menino corcunda lhe vende, para saciar a sede. As águas tentam tragá-lo, levá-lo para longe, no entanto é o trem, que não se cansa de mastigar trilhos.

Não sabe como, está em Joinville; ali não são apenas pessoas que sobem, porém mercadorias que estão sendo levadas para o Porto de São Francisco. Rupert tomou uma gasosa e comeu um pão com manteiga, quase ao lado dele, sem que a perceba, a morena.

O trem (seria o mesmo? Impossível!) recomeça a comer trilhos, bufando e silvando. Novamente Rupert se perde em devaneios. Só se dá conta quando a locomotiva pára com o brusco solavanco.

Ali está a pequena estação morta, rejuvenescida enquanto o trem não retoma seu trajeto. Da estação, Rupert dirige-se, mala passando da mão esquerda para a direita e vice-versa, até o escritório da companhia de navegação. O funcionário está cansado de repetir sempre a mesma frase: "O *Karl Hoepcke* teve um problema em Florianópolis, está com certo atraso, deve chegar ao Porto de Itajaí pela tarde, sem horário certo, e aqui em São Francisco só amanhã. Talvez prossiga amanhã mesmo, mas pode ser no dia seguinte, isto caso a carga que tem para levar possa ser carregada com rapidez. Logo ali, quebrando a esquina, tem uma boa pensão, se já não estiver lotada. Está quase... É uma casa de madeira de dois andares." A senhora que o atende abre o livro, pede que assine o nome, a diária tem que ser paga antecipadamente, nela estão incluídos o jantar e o café-da-manhã. Dá uma chave a Rupert, avisa "temos dois banheiros no corredor, lá em cima, embora o da direita seja preferentemente para mulheres, num momento de urgência pode ser usado, suba por esta escada, seu quarto é quase no fim do corredor, na mão esquerda, o número bem visível na porta, a janela tem uma bela vista para o mar". O quarto é pequeno, limpo, uma cama de casal, mesa-de-cabeceira, uma pia, duas toalhas, uma de rosto outra de banho, uma cadeira, jarra com água e um copo. Rupert está cansado, quer estirar-se na cama, porém um banho lhe fará bem, ajudando a recuperar as forças. Decide-se pelo banho, nesta hora não há fila, demora-se, a água é quente, quase adormece, aproveita para lavar a camisa e a cueca, colocadas na janela do quarto, com a aragem que vem do mar é certo que no dia seguinte estarão secas. Agora sim, pode estirar-se, decidir se vai mesmo jantar na pensão, pois o jantar já está pago, ou dar uma circulada pela cidade e procurar um restaurante qualquer. Quando acorda já é noite, sem disposição para sair decide-se pela bóia da pensão. Na pequena sala de jantar, uma única mesa com dois lugares está vazia. Mal senta e um garçom lhe traz um prato fundo, uma terrina de sopa fumegante e pão caseiro. A primeira colherada é como se estivesse tomando a sopa que Maria faz tão bem, e a que sorve também é muito boa. Mal acabou o prato de sopa, o garçom se apressa em lhe trazer uma salada, batatas fritas, arroz e carne e, enquanto o rapaz está retirando a sopeira, uma voz pede "com licença, posso sentar aqui", é comum a pessoa pedir licença e sentar-se em qualquer das mesas onde haja uma vaga, antes que responda "pode", ela já sentou, é a morena do trem; logo vai dizendo "Sabe que está aqui porque, em Rio do Sul, eu botei você no ônibus? Rupert não sabe o que responder, apenas abana a cabeça. Mas ela quer mesmo conversar: "Se não sou indiscreta, posso perguntar para onde vai, quanto a mim já lhe digo, vou para Santos, minha irmã que mora lá está esperando bebê, vou ajudá-la, espero que com esse atraso do navio a criancinha não nasça antes que eu chegue." Rupert resume numa pequena frase: "Vou ao Rio de Janeiro." A moça é insaciável: "Negócio ou passeio?" Meio intrigado, meio irritado, Rupert é outra vez sucinto: "Nem uma coisa nem outra. Vou." A morena, nem gorda nem magra, traços firmes, cabelos escuros, vestida com certa displicência, embora a roupa lhe caia bem, revelando um todo harmonioso, é persistente: "Viajamos juntos, quer dizer, não no mesmo banco, será que passei despercebida?" Rupert não sabe que resposta dar, mas a jovem é envolvente, ele está sentindo que as amarras se soltam, não quer, no entanto sabe que não resistirá por muito tempo, ela agora em rápidas colheradas sorve a sopa e uma gota lhe pende do canto da boca, o que não a impede de dizer: "Eu já conheço Santos, tem praias lindas, você conhece o Rio, eu não, dizem que lá não apenas as praias, mas a cidade é linda." Rupert se apressa: "Não, não conheço, nem sei se vou chegar a conhecer, viajo sem destino certo, quem sabe onde estarei logo depois que o navio atracar no cais do porto do Rio." Ela sorri: "Ah, então já tem noção do Rio, sabe que o navio atraca no cais do porto, deve saber da Cinelândia, da Lapa, do Flamengo, de Copacabana, de tantas outras maravilhas." De maneira menos seca, responde Rupert: "Hoje a gente tem como se informar sem sair de onde vive, são revistas, jornais e as emissoras de rádio, então fica-se conhecendo uma cidade sem nunca ter estado lá."

A conversa engrena, se prolonga, ela diz que é de Brusque e os dois já se viram em Blumenau, quando ela se apresentou no coral do maestro Aldinho Krieger. Rupert sorri e abana a cabeça. Falam de tudo e de nada, ele pediu uma cerveja, prontamente ela aceita, pede uma segunda, a bebida é paga à parte e Rupert faz questão de pagar as duas, os dois se levantam, Rupert diz estar cansado, a sala de jantar esvaziou-se, vai fechar, o garçom já os olhou com cara de poucos amigos, antes de se despedirem ela sugere que saiam, dar um passeio depois da refeição é importante, podem sentar num barzinho, pedir outra bebida, quem sabe um *whisky*, que está entrando na moda, fácil de encontrar nos portos, ele agradece, está mesmo muito cansado, ela então sugere que na manhã seguinte tomem juntos o café para se conhecerem um pouco melhor, depois podem ir ao escritório ver se o navio está no horário ou haverá outra demora.

Mal entra no quarto, Rupert arranca a roupa, se deita na cama só de cueca, apaga a luz, cai num sono profundo, "prenúncio da morte", diria o infeliz amigo Hermann. Sente um corpo grudado ao dele, os bicos dos seios agredindo seu peito, logo a ereção, tem dúvidas, a escuridão não permite que perceba se é a morena, se é Matilde, se é Catarina, se é Jandira, se é Ilze, tudo se confunde, não tem idéia de quanto tempo transcorreu, de repente acorda com o violento bater das venezianas, acende a luz, ainda está escuro, é o vento sul que não cansa de abrir e fechar a janela, que ele esquecera de trancar. Olha para o lado na cama, absolutamente nada, nenhum indício de que alguém estivera ali. Está confuso, tudo lhe parecera tão autêntico, não quer aceitar que tenha sido um sonho, levanta-se, olha por todo o quarto, mas não há lugar onde uma pessoa possa se esconder, enche o copo d'água, toma tudo de um gole só, cambaleante vai até a janela, o vento empurra-o, a custo fecha-a com um trinco, volta a se deitar, de barriga para cima, olhos fixos no madeirame pontilhado de teias de aranha, apaga a luz, e sem perceber já está não apenas dormindo, mas acabou de chegar ao tombadilho do navio, que logo desatraca.

Aqui começa uma outra história, que não contaremos, porque só agora Rupert vai vivê-la.

Nota final

As primeiras anotações e pesquisas para este livro datam de 1948, quando tentei resgatar impressões e lembranças da infância, transcorrida em duas pequenas comunidades de imigração alemã (São Pedro de Alcântara e Rachadel), e do restante da infância e adolescência em Biguaçu, onde convivi com descendentes de açorianos, portugueses, italianos, negros, índios, outra vez alemães e libaneses. Rascunhado em fins de 1948, as duas primeiras versões são de 1949, bem como a terceira, do finalzinho desse mesmo ano, todas insatisfatórias. Tentei em vão, como havia feito com escritos anteriores e posteriores, rasgar o texto. Não consegui. Ele me acompanhou por Florianópolis, pelo Rio de Janeiro, novamente por Florianópolis. Em 1999, cinquenta anos transcorridos da terceira versão, Eglê, minha mulher, sem que eu soubesse, pegou o original amarelecido e emendado, levou-o para um escritório de computação, pediu que fosse digitado e lhe tirassem dois disquetes e duas cópias. Dias depois Eglê me dizia: "Vê se te resolves." Não consegui. Neste 2006, ao remexer arquivos deparei com os disquetes e as duas cópias me provocando, se recusando novamente a ir para a cesta do lixo. Passei uma das cópias para o Paulo Sérgio, meu filho; ele foi franco: "Mexendo bastante vai dar." Me animei.

Procurei manter a estrutura narrativa e o fio condutor da trama, centrado no protagonista Rupert. Cortei trechos, modifiquei frases, eliminei palavras, substituindo-as ou não por outras. A visão que eu tenho, hoje, do processo de criação literária certamente difere, e muito, de quando eu dava os primeiros passos na escrita. Escrever ficção é, para mim, recuperar fatos, retrabalhá-los, eles passam a ser e não ser eles mesmos. Eu tento manter-me fiel ao projeto de então: reconstituir hábitos e costumes com os quais eu convivera, transplantando-os para o vale do Itajaí. Agora, ao concluir esta que espero ser a penúltima versão, deparo com a crítica acerba do protagonista Rupert, que me questiona discordando de algumas passagens e não aceitando o fato de que estou fazendo uma ficção, no propósito de recuperar fragmentos de um século (1850-1949) no decorrer de um único dia. Outra vez ele discorda reafirmando que em lugar de me preocupar com os seus, com os alemães, por que eu não me atenho ao que mais de perto me toca e me diz respeito: os "turcos" e a comunidade de Biguaçu. De pouco adiantou lhe retrucar que sempre gostei de desafios e que a vida é uma seqüência de desafios. Já que *Jornada com Rupert* resistiu e sobreviveu, espero que possa interessar e provocar. Para mim, quem escreve, embora escreva por uma necessidade interior, o faz para ser lido, para se comunicar, visando deixar um recado de sua gente e de seu tempo.

Florianópolis — bairro da Carvoeira e
Praia da Cachoeira do Bom Jesus
Maio de 2006 — fevereiro de 2007

Este livro foi composto na tipologia Minion, em
corpo 11,5/15,5, e impresso em papel off-white
90g/m² no Sistema Cameron da Divisão Gráfica
da Distribuidora Record.

Seja um Leitor Preferencial Record
e receba informações sobre nossos lançamentos.
Escreva para
RP Record
Caixa Postal 23.052
Rio de Janeiro, RJ – CEP 20922-970
dando seu nome e endereço
e tenha acesso a nossas ofertas especiais.

Válido somente no Brasil.

Ou visite a nossa *home page*:
http://www.record.com.br